Natürlich helfen Wim und Marie. Wie viele ihrer Landsleute in den besetzten Niederlanden verstecken sie in Zusammenarbeit mit der Widerstandsbewegung einen Juden. Nicco bekommt das unauffällige Vorderzimmer im ersten Stock, für alle Fälle wird noch ein Fluchtverschlag gezimmert. Trotz Lebensmittelrationierung und anderer kriegsbedingter Not, trotz Angst und Zittern finden die drei zusammen und kommen ganz gut miteinander zurecht. Sie freuen sich auf den Tag der Befreiung, an dem sie »zu dritt, Arm in Arm« offen aus dem Haus treten werden. Nur, Nicco ist nicht mehr jung, eine dumme Erkältung wächst sich aus und führt zu seinem Tod. Wie entledigen sich Wim und Marie unter den Augen der deutschen Besatzer der Leiche eines rechtlosen Juden, ohne sich selbst und die Résistance zu gefährden? Eine bizarre Geschichte in der an Aberwitzigkeiten nicht armen Emigrantenliteratur. In ihren tragischen Aspekten erinnert die nach klassischer Regel gebaute Novelle an Anne Franks ›Het Achterhuis‹, in ihren grotesken Momenten an Werfels ›Jakobowsky und der Oberst‹.

Hans Keilson wurde 1909 in Freienwalde/Oder geboren, studierte Medizin in Berlin und ließ sich gleichzeitig zum Sportlehrer ausbilden; ging 1936 in die Niederlande, war während der Besatzungszeit untergetaucht und als Arzt für die Widerstandsbewegung tätig. Nach dem Krieg Mitbegründer der holländisch-jüdischen Waisenorganisation »Le Ezrat Ha Jeled« (zur therapeutischen Betreuung von jüdischen Kriegswaisen), für die er bis 1979 arbeitete. Er lebt und praktiziert als Analytiker in Bussum/Niederlande.
Von Hans Keilson im Fischer Taschenbuch-Programm: ›Das Leben geht weiter‹ (Bd. 5950) und ›Der Tod des Widersachers‹ (Bd. 5298).

Hans Keilson

Komödie in Moll

Erzählung

Fischer Taschenbuch Verlag

Neuausgabe
Veröffentlicht im Fischer Taschenbuch Verlag GmbH,
Frankfurt am Main, Mai 1995

Druck und Bindung: Clausen & Bosse, Leck
Printed in Germany
ISBN 3-596-12719-X

Gedruckt auf chlor- und säurefreiem Papier

Für Leo en Suus in Delft

I

»Da sind sie wieder«, sagte der Doktor plötzlich und richtete sich auf. Unversehens wie seine Worte hatte sich das Geräusch der nahenden Flugzeugmotore in die Stille des Sterbezimmers geschlichen. Er legte den Kopf in den Nacken, kniff die Augen halb zu und lauschte.

Als wenn versteckt irgendwo in dem Hause ein kleiner Dynamo zu laufen begonnen hätte, der schnell auf Touren kam, so verstärkte sich der Summerton der anfliegenden Nachtgeschwader. Er hätte auch – so schien es zu Beginn – aus dem Keller kommen können, oder aus dem Nachbarhaus... Aber es waren die Nachtbomber, unzweifelhaft, die sich da ankündigten. In großer Flugbreite kamen sie von England her über den Strand, der nur wenige Kilometer von hier die Nordsee auffing, warfen ihre Lichtfackeln aus, die den nachkommenden den Anflugsweg über Holland anweisen mußten, und verschwanden über der östlichen Grenze in der Nacht. Wenige Stunden später konnte man sie an einer anderen Stelle mehr nördlich oder südlich im Lande zurückkommen hören. Ihr Geräusch entfernte sich in Richtung des Meeres.

Auch der Mann und die Frau, die unschlüssig um das Bett herumstanden, wie Menschen stehen, die Angst und Trauer zugleich bewegen, hoben ein wenig den Blick und lauschten.

»So früh schon«, flüsterte der Doktor vor sich hin.

Wim sah ihn verwirrt von der Seite an, als sei er im Zweifel, auf was sich diese Bemerkung bezog.

Die ersten Schüsse der Nacht, knallend, dumpf, sie kontrastierten eigentümlich zu dem feinen, fast musikalischen Geräusch der Flugzeuge. Die Glasfenster und Türen klirrten und rammelten, das ganze, zu leicht gebaute Haus antwortete mit einem feinen, kurzstößigen Zittern auf die Explosionen. Der Beginn war immer erregend, wie oft man ihn auch schon miterlebt hatte.

Er war gegen Ende März, die Tage wurden wieder länger.

Als der Doktor gegen sieben Uhr erschien, war es draußen noch hell.

Trotzdem hatte Marie, wie sie es seit Monaten tat, das Zimmer auf der ersten Etage, in dem »er« wohnte, verdunkelt. Es war ein ziemlich kompliziertes System von Schnüren und Haken. Sie tat es lieber selbst, da sie fürchtete, man könne ihn von der Straße aus sehen – eine etwas übertriebene Sorge, denn sie hatten kein vis-à-vis.

Ihr Haus stand am Westrand der Stadt in einer Straße von gleichförmigen Neubauten – Suite unten, drei Zimmer mit Bad oben und Dachkammer mit Boden – gegenüber einem Park, hinter dem sich, unterbrochen von Kanälen und Dämmen, das unermeßliche Westland mit seinen Treibhäusern und den durch den Krieg entvölkerten Weideplätzen bis an den Horizont ausbreitete. Dahinter dampfte das Meer. Eine silberne Nacht hielt dort wie ein glitzernder Reif Erde, Himmel und Wasser zusammen.

Diese allabendliche Verdunkelungszeremonie gehörte zu einer Reihe von vorbeugenden Sicherheitsmaßnahmen, die am gleichen Tag mit dem Fremden ihren Einzug in das Haus gehalten hatten. Als dann die Krankheit dazukam, hatte sie mit nur noch größerer Sorgfalt diese Handlung vollzogen in dem unbestimmten Gefühl, daß der Kranke eine noch größere Gefahr für sie bedeute als der Gesunde.

Seit ungefähr zwei Wochen lag er zu Bett. Das Fieber verlieh seinem Gesicht Farbe und Rundung, nachdem ein Aufenthalt von rund einem Jahr tagein tagaus in dieser Kammer die letzten Spuren von Leben ausgemergelt hatte. In den letzten Tagen sprach er fast kein Wort mehr. Es ging zu Ende.

Wenn Marie am Abend in seinem Zimmer das Licht einschaltete, drehte er in alter Gewohnheit noch das Gesicht der Wand zu. Im Wechsel vom schummrigen Tageslicht zu dem matt-trüben der elektrischen Birne erschien es fahl, pergamenten. Aber der geschwächte Körper blieb dumpf und bewegungslos unter den wollenen Decken. Die Lampe in halber Höhe in der Mitte des Zimmers verbreitete mehr Schatten als Licht.

Sie hatten, seit er bei ihnen Unterschlupf gefunden hatte, eine kleinere Kerzenstärke eingeschraubt, um zu sparen.

Und um den milchig weißen Schirm noch ein bläuliches Tuch gehängt, um ausstrahlendes Licht zu dämpfen.

Wim und Marie waren nicht ängstlich von Natur. Als sie den Entschluß faßten, jemanden bei sich zu verstecken, hatten sie das Risiko, das sie damit auf sich nahmen, ziemlich deutlich vor Augen – bis zu einem gewissen Maße, soweit man ein Risiko a priori einschätzen kann. Denn es fällt unter die Kategorie »Überraschung«, und diese ist eben nicht im voraus zu berechnen.

Wenn es ihm einmal in den Sinn kam, über Tag eigenmächtig das Fenster zu öffnen und seinen Kopf herauszustecken? Oder mitten in der Nacht das Licht anzudrehen, nachdem er vorher eigenhändig die Verdunkelung entfernt hatte? Nicht aus Mutwillen oder um ihnen einen Streich zu spielen... Jedoch bei einem Menschen in seiner Lage konnte man nie wissen, ob er nicht in der nächsten Minute eine Dummheit begehen würde. Schließlich ist es auch kein Pappenstiel, zwölf Monate oder oft noch länger, freiwillig, immer mit einer gewissen Gefahr vor Augen allein in einem Zimmer zu sitzen oder herumzuschleichen – in Filzschuhen natürlich.

Denn um alles in der Welt: die Putzfrau, die zweimal in der Woche einen halben Tag kam, oder die Nachbarn durften nicht wissen, daß sich hier ständig jemand auf der ersten Etage aufhielt, obgleich man ihnen »Gott sei Dank« völlig vertrauen konnte. In dieser Straße waren alle Menschen »gut«. Und wer weiß, ob bei ihnen nicht auch jemand in Filzschuhen durch eine Kammer schlich, der lieber nicht über Tag seine Nase vor die Tür steckte. Enfin, man sprach über derlei Dinge besser nicht. Es wurde soviel geklatscht...

»Kein Mensch darf es wissen, hörst du... nur unter dieser Bedingung«, – hatte Marie damals gesagt.

»Natürlich –« erwiderte Wim geruhsam »kein Mensch, das versteht sich doch von selbst. Aber du mußt es dir gut überlegen, es bringt eine Menge...«

»Ich habe es mir bereits überlegt«, entgegnete Marie. Er konnte wissen, daß sie nichts unüberlegt tat... »Kein Mensch, auch Coba nicht.«

»Auch Coba nicht, einverstanden«, bekräftigte Wim.

Coba war seine Schwester. Sie wohnte in der Nähe, in einem Vorort der Residenz, eine halbe Stunde Fahrt mit der Straßenbahn. Die beiden Frauen standen ausgezeichnet miteinander. Coba kam so oft zu ihnen, daß es auf die Dauer unmöglich war, es vor ihr geheimzuhalten. Und dann, warum vor Coba? ... Aber Wim hatte »einverstanden« gesagt. Die Zeit würde es lehren. Und schließlich liegt in jeder Angelegenheit eine gewisse Entwicklungsmöglichkeit.

»Und Erik?« fuhr Marie fort.

»Erik?« fragte Wim entgeistert, noch einmal: »Erik?« Kein Zweifel, sie hatte Angst. Die unsinnigsten Namen fielen ihr ein. »Ja, wie kommst du darauf? Solange wir verheiratet sind, ist er... einen Augenblick...« Er dachte nach. »... Ich glaube, einmal ist er bei uns gewesen. Von ihm haben wir doch nichts zu erwarten... Viel eher, wenn Mutter kommt, was dann?«

Marie erschrak. »An die Möglichkeit habe ich noch nicht gedacht...« Sie strich sich mit beiden Händen über den Kopf und steckte ihre Haare neu auf, obwohl an ihnen nichts zu stecken war... »Ja... überhaupt wenn wir Gäste bekommen... Wie wird Mutter es aufnehmen?«

»Du willst es ihr also sagen?«

»Wenn sie bei uns logiert, Wim – natürlich werde ich es ihr sagen.«

»Ich finde es gar nicht so natürlich«, hatte Wim gesagt und seine Krawatte zurechtgezupft...

Die erste Welle der Flugzeuge flog jetzt über die Häuserreihe.

Sie verharrten alle drei in der gleichen etwas geduckten Haltung, – ganz frei fühlte man sich nie –, den Kopf leicht zur Seite geneigt; bei den Schüssen, die jetzt in kurzen Abständen hintereinander dröhnten, zitterten ihre Nackenmuskeln in der Anspannung des Lauschens und der Gefahr, die über ihren Häuptern dahinrollte und das ganze Haus wie in einer unsicheren Erwartung beben ließ. Mächtig schlugen die Motoren. Die künstlichen Gebilde aus Gestäng und gewelltem Blech, aufgerufen zu einem starr geflügelten, kurzfristigen Leben, erfüllten Land und Himmel mit dem Takt ihrer eisernen Pulse.

Hier in der Kammer starb ein Mensch.

»Da sind sie wieder…« Das waren auch immer seine Worte gewesen. Mitunter wenn sie noch beim Abendessen zusammen in dem Hinterzimmer saßen – das einzige Mal am Tage, daß er, wie verabredet, nach unten kam – hatte er mitten im Bissen seinen Kopf jäh in den Nacken geworfen, so daß seine großen, behaarten Nasenlöcher unter dem stark gekrümmten Nasenrücken sichtbar wurden, und mit vollen Backen, während seine Hände das Eßbesteck senkrecht auf den Tisch pflanzten, diese vier Worte gesprochen: »Da sind sie wieder!« Als wenn er darauf gewartet hatte.

Wenn sie später kamen und er befand sich allein in seinem Zimmer, zuweilen sogar in seinem Bett, richtete er sich auf und sprach diese Formel in die stumme Kammer hinein.

Von ihnen dreien war er immer der erste, der sie hörte.

Wim ließ sich nicht stören. »Sooo«, antwortete er, mehr fragend als zustimmend. Aber auch nicht direkt ungläubig oder abweisend. Vielmehr auf jene taktvoll-uninteressierte Weise, mit der man eine Sache unentschieden läßt, die an sich möglich ist, wenn auch nicht gerade zu diesem Zeitpunkt. Auf keinen Fall unterbrach er deswegen seine Mahlzeit.

»Doch«, sagte Marie und zögerte, bis sie den nächsten Bissen von der gezückten Gabel nahm – »doch, Nico hat recht… hörst du?« …und sie spießte das Messer in die Luft.

»So früh heute«, fuhr Nico fort und sah auf die Uhr an der gegenüberliegenden Wand. »Zehn nach sieben.« Seine Augen glänzten, weil seine Ohren ihn nicht im Stich gelassen hatten. Das Summen verstärkte sich. Auch Wim vernahm es.

Die ersten Schüsse der Nacht, knallend, dumpf, sie kontrastierten eigentümlich zu dem feinen, fast musikalischen Geräusch der Flugzeuge. Die Glasfenster und Türen klirrten und rammelten, das ganze, zu leicht gebaute Haus antwortete mit einem kurzstößigen Zittern auf die Explosionen. Der Beginn war immer erregend, wie oft man ihn auch schon miterlebt hatte.

»Sie wollen wieder früh zu Hause sein, gib mir bitte die Kartoffeln, Marie«, sagte Wim. Er war mit dieser trockenen Erklärung zufrieden und meinte, die nicht besonders interessante Angelegenheit aus der Welt geschafft zu haben. »Eßt! Es wird kalt!«

»Nein, Wim, nein«, entgegnete Nico ein wenig gereizt, als ob es für ihn eine Existenzfrage war, und er ließ den Kopf mit den gefüllten Backen nach vorn sinken, »nein, das hat seine Gründe... sie werden einen langen Anflug haben, verstehst du? Vielleicht Berlin oder – ja, sicher Berlin, wir liegen hier direkt auf dem Luftweg nach Berlin.« Er sprach mit einer Überzeugung, als trüge er einen aktiven Anteil an der Ausarbeitung der Pläne für diese Bombennacht.

»Und wie ist es dir heute ergangen, Nico?« – fuhr Wim dann meistens fort und drehte kurzerhand von Berlin ab.

Und Nico antwortete im gleichen, gutmütigen Ton: »Danke, Wim, ich bin zufrieden, die Pension ist gut, und ich habe ein wenig Sprachen getrieben, Englisch und Französisch«, – je nachdem was er den Tag über getan hatte.

»Und wieviel Schachpartien hast du gewonnen?«

Denn er spielte Schach, nicht besonders gut, aber mit ungebrochenem Eifer.

Wenn Nico einen guten Tag hatte, antwortete er auf die versteckt schelmische Frage mit einer ebensolchen Antwort, etwa: »Keine, Wim, keine, mein Partner war heute zu stark...«

Er spielte immer mit sich selbst. Stunden und Stunden saß er an dem kleinen, viereckigen Tisch in seiner Kammer, das Brett mit den Figuren vor sich. Der gegenüberliegende Platz war frei... e2-e4, e7-e5, p1-p3 usw. Oft saß er lange, den Kopf in die Hand gestützt und dachte tief nach. Über ein Schachproblem? Über – –?

Am folgenden Tag konnte er es dann fast nicht abwarten, bis Marie am Nachmittag um fünf Uhr mit der Zeitung oben bei ihm erschien.

Versteckt hinter der Gardine hatte er die Zeitungsfrau beobachtet, wie sie hastig den kleinen Vorgarten durchschritt. Oft lief er gleichzeitig schnell aus seinem Zimmer – auf Hausschuhen natürlich, wie man es zu Beginn verabredet hatte – so daß er noch oben, auf das Geländer gestützt, hörte, wie die Zeitung raschelnd durch den Briefschlitz gesteckt wurde und dann mit einem nachdrücklichen Ruck auf den Steinboden fiel. Die Sekunden, die dann folgten, waren oft die an Spannung reichsten seines ganzen verborgenen Lebens. Ob sie das wohl begriffen – seine Gastleute?

Er stand oben auf dem letzten Treppenabsatz und wartete, bis Marie kurz darauf aus ihrem Zimmer zum Vorschein kam, wo sie um diese Zeit mit einer Näharbeit beschäftigt saß, und die Zeitung aufhob. Sie entfaltete das Blatt, las die Überschriften – Lügen! nichts als Lügen! aber was sollte man machen, eine Zeitung mußte man schon halten wegen der Lebensmittel – wendete es, las die Familiennachrichten, Todesfälle, Verlobungen, Geburten – natürlich, auch in Kriegszeit wurde weiter geliebt und es kamen Kinder zur Welt – und schritt im Lesen die Treppe hinauf.

»Nico«, rief sie mit halblauter Stimme, daß es selbst ein Lauscher unmöglich hören konnte, nur er, von dem sie wußte, daß er oben stand und wartete – »Nico, du hast wieder einmal recht gehabt, in der Tat – –« Sie machte ihm gern die kleine Freude.

Oft geschah es aber auch, daß sie es vergaß und Wim die Zeitung als erster in die Hände bekam, wenn er aus dem Büro nach Hause kehrte. Oder daß Marie um diese Zeit in der Stadt Einkäufe machte.

Dann saß Nico oben auf der Treppe und führte mit sich selbst einen schweren Kampf, ob er es nicht versuchte und vorsichtig, vorsichtig... er konnte auch seine Hausschuhe noch ausziehen... auf Strümpfen nach unten schlich; einen kleinen Unterschied machte es schon; oder auf dem Treppengeländer, wie er es als Junge getan hatte, – er wußte genau, auf welchen Stufen das Holz nachgab und knarrte, die dritte und fünfte auf der ersten von oben gerechnet, und die erste und vierte auf der zweiten Treppenhälfte.

Aber schließlich wagte er es doch nicht. Wenn er auch überzeugt war, daß niemand, niemand auf der Welt ihn hören konnte... Es war gegen die Verabredung, er unterließ es. Es überstieg fast seine Kräfte. Niemand wußte, welch ein Kampf in ihm tobte.

Schnell rief er sich dann etwas anderes ins Bewußtsein, Marter, Greuel, die ihn sicher erwartet hätten, aber denen er entkommen war zu anderen neuen Foltern hier. »Überall warten Marter und Greuel«, sagte er vor sich hin. »Überall.«

Nach einer Weile stand er auf und schlich in seine Kammer zurück. –

»Na, na«, sagte der Doktor, als die Schläge der Abwehr hart in der Nähe dröhnten, »das sind aber ein paar schwere Brocken.«

Über dem Häuserblock zogen in unablässiger Reihe die Nachtbomber. Es war, als ob sie durch alle Räume des Hauses zugleich flogen.

Er blickte abwechselnd auf die Frau und den Mann, verspürte ihre verhaltene Angst vor dem leise und laut einherkommenden Tod und sah nach dem Schattenspiel der Pendellampe auf der gelblichen Zimmerdecke.

Dann bog er sich wieder über das Bett und betastete den Körper, der langsam erkaltete.

Wim hatte die Hände auf dem Rücken verschränkt und starrte auf den Fußboden. »Wir müssen ihn beerdigen«, dachte er, »natürlich, einen Toten muß man begraben. Aber wie –?«

»So eine Nacht im Bombenkeller, während das Haus über dir zusammenfällt...« Der Doktor führte seinen Satz nicht zu Ende. Tot ist tot, und sterben kann man überall. Auch leben...?

Marie legte ihre Hand zaghaft auf den geschwungenen Rand des hohen Bettgestells am Fußende. Es war ihr, als ob sie den Toten selbst berühre. Sie sah ihn an. Unrasiert und sehr ausgeprägt lag er da, mit geschlossenen Augen. Sein Haupthaar, das wirr und ungekämmt in die knochige, nicht hohe Stirn fiel, war schwarz, der Backenbart, der ihm in der Krankheit üppig gewachsen war, schimmerte rötlich. Der entspannte, halb geöffnete Mund mit dem etwas hängenden Kinn gab dem leidenden Gesicht eine mehr ovale Form. Wie alt er aussah! Alles dies zusammen und die Erinnerung an den Nico, dem sie in ihrem Haus Unterschlupf gewährt hatten, verdichtete sich in Marie zu einem bestimmten Gedankengang. Seltsam, daß es ihr bei Lebzeiten nie in dem Maße aufgefallen war. Sie mußte an die Bibel denken, obwohl sie durchaus nicht kirchlich gesinnt war, an das Alte Testament, von dessen Volk er ein Sohn war. Hiob hätte so aussehen können, dachte sie.

II

»Wie hieß er eigentlich? –« fragte der Doktor.

Noch vereinzelte Schüsse in der Ferne... Es war wie zu Beginn, ein Summerton aus dem Nachbarhaus, oder aus dem Keller...

Wim zuckte die Achseln. Auch jetzt noch gab er den Namen nicht preis. Es blieb ein Geheimnis. »Wir nannten ihn Nico.«

»Nico, Nicodemus? – war das nicht der einzige unter den Schriftgelehrten, der damals...«

»Ja, ja«, sagte Wim. »Unser war Reisender in Parfumerien.«

Der Doktor verzog seinen Mund.

»Reisender in Parfumerien? Ja, so ein bißchen Wohlgeruch nach dem Kriege hätten wir alle ein wenig nötig. Ist noch nicht das schlechteste. Armer Nico!« Es klang bitter, fast wie ein Vorwurf, daß er sie im Stiche ließ.

Wim preßte die Lippen aufeinander und stieß die Luft hörbar mit einem kurzen Ruck seines Kehlkopfes durch die Nase. »Hm.« Etwas verlegen starrten sie auf das Bett.

Marie wurde dadurch, daß er die ganze Zeit über in der gleichen stummen Haltung bewegungslos dalag, daran erinnert, daß er tot war. In ihrem Hause, in dem noch kein Leben geboren war, lag ein Toter. Sie rief sich diesen Gedanken immer wieder zurück. Der Doktor setzte den Dynamo seiner Taschenlampe mit dem Daumen in Bewegung, so daß wieder ein feines, surrendes Geräusch die Sterbekammer erfüllte. Der kurze, helle Lichtkegel wanderte über das reflexlose Gesicht und die leblosen Hände auf der Bettdecke und hob einige Partien des toten Körpers schärfer hervor.

»Wie lange saß er schon bei Ihnen?«

»Fast ein Jahr, im April kam er.«

»So lange? – Und wie ging es, – war er schwierig?«

»Nicht im mindesten«, versetzte Marie, die das Gespräch der Männer nur insoweit verfolgte, als es mit ihren eigenen Gedanken parallel lief. »Nicht im mindesten.«

»So. Es hätte auch anders sein können. Kannten Sie ihn schon von früher?«

»Nein«, erwiderte Wim.

»Es geschehen da manchmal Dinge, bei solchen zufälligen Kombinationen ... Wir sind alle nur Menschen – und es dauert viel zu lange.«

»Ich weiß«, antwortete Wim ruhig. »Er nicht. Es ging gut. Schade um Nico.«

Stille.

»Ja, hier kann er nicht bleiben«, unterbrach der Doktor das Schweigen und trat entschlossen von dem Bett in die Mitte des Zimmers zurück. Die Frau und der Mann folgten ihm.

»Natürlich nicht. Aber wie?« – fragte Marie tonlos, daß niemand es hören konnte.

»Vielleicht, daß man versucht, mit der Polizei in Kontakt zu treten«, sagte Wim und sah den Doktor fest an. Dieser Gedanke beschäftigte ihn schon längere Zeit.

»Mit der Polizei, Wim?«

»Ja –«

Er vermied es, sie anzusehen. In seinem Kopf wirbelten Gedanken wie die Flugzeuge durcheinander, die aus unbekannter Ferne aufgestiegen waren.

»Wim!«

»Die Polizei kriegt ihn auf jeden Fall«, sagte der Doktor so leichthin und strich mit seiner rechten Hand langsam über die Augenlider. »Aber Sie müssen draußen bleiben. Dann kann auch sie mit ruhigem Gewissen ihre Maßnahmen treffen.«

»Welche Maßnahmen, Doktor?«

»Ihn begraben natürlich. – Aber jetzt ist es noch zu hell. Ich komme gegen zehn Uhr wieder. Wir können von Glück sagen, es ist Neumond. Ich werde mit Ihrem Mann alles besprechen.«

Wim nickte. Er hatte begriffen, was der Doktor mit dem Neumond und daß es jetzt noch zu hell sei, meinte. Natürlich, so tat man das also. Nicht übel, er würde es Marie vorsichtig beibringen. Sie wird in dieser Nacht kein Auge zumachen. Immerhin, auch ein sonderbarer Gedanke zu wissen, während man selbst in seinem warmen Bett liegt, daß der andere, auch ist er tot, oder eben deshalb ...

Bevor der Doktor ging, trat er auf Marie zu, nahm ihre Rechte zwischen seine beiden Hände und sagte in einem etwas feierlichen Tone: »Es ist niemand hier, dem man kondolieren kann. Das kommt wohl öfter vor. Aber trotzdem ist es für Sie wohl ein Verlust. Denn Sie hatten doch wohl die schwerste Last – Sorge«, verbesserte er sich.

Marie sah ihn ruhig an, ihr Gesicht wurde ernst. Sie überlegte. Ja, eine Sorge, aber sie hatte sie gern auf sich genommen. Es war ihr, als hätte sie dabei etwas gelernt.

»Aber die Gefahr ist nicht so groß, wie Sie denken«, fuhr er fort, denn er hatte den Eindruck, daß sie ein wenig Angst hatte. »Es ereignen sich noch ganz andere Dinge in dieser Lage. Zu schweigen von den Infektionskrankheiten, die wir melden müssen, Diphtherie, spinale Kinderlähmung. Das ist sehr, sehr unangenehm. Aber es werden auch Kinder geboren unter den gleichen Umständen wie hier...«

»Unmöglich«, stammelte Marie. Sie erschrak. Kinder geboren? Hatten die Menschen kein Gefühl für Verantwortung?

»Doch, doch«, bestärkte der Doktor, der ihre Gedanken erriet. »Ich selbst habe schon etliche zur Welt gebracht. Vier Judenknäblein. Kräftige Burschen. Sie schreien wie alle Kinder schreien, die zur Welt kommen. Aber das ist es, die Gefahr! Man kann sie hören! Die Nachbarn! In Ehen, in denen noch nie Kinder waren, werden auf einmal nach zwölf, vierzehn Jahren von Unfruchtbarkeit Kinder geboren. Die Kinder werden, versteht sich, bei andern untergeschoben.«

Wim und Marie tauschten einen Blick und lächelten. Es mochte ernst, ja selbst ein wenig traurig sein, sie mußten lachen. Was es nicht alles gab! Aber er hatte recht. Kinder wurden überall geboren, in Bombenkellern, bei Luftangriffen, und dort oft schneller, als es lieb ist. Überall wo der Tod hinlangt, geht auch das Leben weiter. Und was ihre Lage hier betraf, so war es vorzuziehen, einen Toten im Bett zu haben als eine Frau mit einem kräftig schreienden Neugeborenen. Auch da hatte er recht.

»Ich muß jetzt gehen«, sagte der Doktor. Wim begleitete ihn hinunter.

Als er wieder oben bei ihr erschien, stand Marie an der Schmalseite des Bettes zu Füßen des Toten. Er trat neben sie, und zusammen sahen sie schweigend auf Nico.

»Wim, weißt du eigentlich, wie die Juden ihre Toten begraben?«

»Was heißt das?«

»Nun, sie haben doch für alles bestimmte Vorschriften und Gesetze, sicher doch auch, wenn einer stirbt.« Hinter ihrer Neugier brannte ein Schmerz, der mehr Trost verlangte, als ein Trost ihn geben kann.

»Natürlich. Irgendwo habe ich einmal darüber gelesen.« Er sprach leise, flüsternd, als schicke es sich nicht, vor einem Toten laut zu sprechen, auf welche Weise man ihn zu begraben gedenke. Zumal er selbst keinen Wunsch geäußert hatte. Wim überlegte einen Augenblick, dann sagte er: »Ich glaube, daß sie ihn waschen und ihm ein Totenkleid anziehen, das nahtlos ist.«

»Waschen könnten wir ihn doch auch.«

»Ach, Marie, lassen wir das. Nico war ja nicht mehr gesetzestreu. Er wird es uns nicht übelnehmen.«

»Ein Totenhemd haben wir nicht, er sicher auch nicht für sich. Wer taucht auch mit einem Totenhemd unter? Oder soll ich einmal nachsehen?«

»Und dann sitzen sie die ganze Nacht bei ihm, sprechen ihre Gebete bei Kerzenlicht – ja, ich glaube, sie nennen es: Schibbe sitzen oder so.«

»Hm. Das alles können wir nicht tun.«

»Zuvor aber legen sie ihn noch, wenn er gestorben ist, auf die Erde, in ein Laken gehüllt.«

»Vielleicht das, Wim?«

»Ja, Marie, das werden wir tun.«

Sie trat einen Schritt zurück. »Komm, ich pack mit an.«

»Nicht jetzt. Warte noch, der Doktor kommt gegen zehn Uhr zurück. Er will mir helfen.«

»Kommt er deswegen noch einmal?«

»Weißt du, es ist zu schwer, einen Toten zu tragen.«

»Zu tragen?« Sie wies mit ihrer Hand. »Hier auf den Boden?«

Er zögerte. »Nicht hier, Marie.«

Er hob die Hand und wies in die Richtung des Fensters. »Wir werden ihn, der Doktor und ich, auf die Erde legen – in den Park. Es ist Neumond. Unter eine Bank. Niemand sieht uns.«

»Wim.«

Ein leises Weinen stieg in ihr auf und erschütterte in feinen Stößen den Körper. Ach nein – ach ja – was sollen wir anders tun? ... Nico, Nico ...« Sie hielt die Hand vor die Augen. Wim geleitete sie aus der Kammer und die Treppen hinab.

III

Sie aßen meistens eine Viertelstunde, nachdem Wim aus seinem Büro – er hatte eine Stellung als Buchhalter in einer Maschinenfabrik – nach Hause gekommen war. Im Winter, nach Einführung der neuen Zeitrechnung, verließ er sein Büro schon gegen fünf Uhr. Jedoch ob Sommer, ob Winter, sie aßen immer ein viertel nach sechs. Sie beide hatten sich nach einer ziemlich unbeschwerten Jugend daran gewöhnt, alle Dinge möglichst genau und pünktlich zu tun. Überhaupt Marie. Das gab dem Leben, das doch so viel Veränderungen und Überraschungen bot, besonders in Zeiten des Krieges und der fremden Besetzung, eine gewisse feste Form, an die man sich halten konnte, wenn die andere Sicht uferlos wurde.

Im März war schon wieder alles normal, und Marie atmete erleichtert auf; am Morgen verließ Wim zur festgesetzten Zeit das Haus, und abends kehrte er zur festgesetzten Zeit wieder zurück.

Eines Abends im April hatte Wim während des Essens beiläufig gesagt: »Also heute kommt er.«

»Es ist gut«, erwiderte Marie und aß weiter. Sie hatte alle Vorbereitungen getroffen, er konnte kommen. Aber doch waren sie beide gespannt und leicht erregt.

»Willst du noch ein wenig Suppe, Wim?«

»Hast du noch? Gern. Wollen wir nicht einen Teller aufheben? Du wirst von jetzt ab doch größere Portionen kochen müssen. Und es wird nichts mehr übrigbleiben.«

»Ich werde so große Portionen kochen«, sagte Marie und gab ihm die Suppe auf, »daß wir für den folgenden Tag zum Lunch noch einen warmen Bissen übrig haben. Es gibt eben viel Kartoffeln und Brei, solange es dies überhaupt noch gibt.«

»Meinst du, daß er viel essen wird?«

»Meistens wächst der Hunger, wenn man den ganzen Tag über nichts weiter zu tun hat, als zu sitzen und von einer Mahlzeit auf die andere zu warten.« Sie wartete, bis er seinen Teller Suppe aufgegessen hatte.

»Können wir nicht weiter von den Suppentellern essen?« sagte Marie und erhob sich, um Gemüse und Kartoffeln aus der Küche zu holen.

»Aber ja, dann hast du weniger Abwasch.« Sie sammelte die Löffel ein.

»Bring nur die Töpfe herein«, rief er ihr nach.

Aber sie brachte, wie immer, das blumenumrandete Service, zu dem auch die tiefen Teller gehörten. Es war ein Teil ihrer Aussteuer.

»Was er nur mit seiner Zeit anfangen wird«, sagte Wim. »Schrecklich, eigentlich ein freiwilliges Gefängnis! Vielleicht studiert er.«

»In der Leihbibliothek sind wir auch. Und dann unsre Bücher. – Aber wer weiß, ob wir es aushielten«, fügte Marie hinzu.

Wim sah, daß sie sich schon völlig mit dem Gedanken vertraut gemacht hatte. Er erinnerte sich oft noch ihres ersten Gespräches, nachdem ihn Jop, ein Kollege auf dem Büro, der, wie er annahm, sich mit dergleichen Dingen abgab, gefragt hatte, ob er nicht auch seine »vaterländische Pflicht« zu erfüllen gedenke, und... »Vaterländische Pflicht« hatte er gesagt. Und das Wort, das früher nie den geringsten Eindruck auf Wim ausgeübt oder ihn gar zu einem Entschluß hatte bringen können, klang, seit die Niederlande überfallen und besetztes Gebiet waren, neuartig und voller Bedeutung. Jop kannte die Menschen, von denen er eine Tat verlangte. Zu dem einen sprach er von »einer rein menschlichen Tat«, anderen gegenüber führte er die »christliche Nächstenliebe für Verfolgte« ins Treffen, wieder anderen sprach er von der »vaterländischen Pflicht«. Auf diese Weise erreichte er sein Ziel, das immer das gleiche war.

»Ich werde mit Marie sprechen, Jop, ich bin nicht abgeneigt, jemanden aufzunehmen. Wir haben Platz genug.«

»Ein jeder fast tut es«, sagte Jop, um ihn in seinem Entschluß zu bestärken. Er wußte, daß es auf die Frauen ankam. Die saßen den ganzen Tag zu Hause mit ihren Gästen und hatten die Hauptarbeit. »Mann oder Frau, das muß ich auch wissen.«

»Gut, Jop.«

Anfangs zögerte Marie. »Nicht weil ich gegen Juden etwas habe«, hatte sie gesagt. »Aber sich so intim einlassen mit dem Geschick eines fremden Menschen, die ganze Zeit unter einem Dach, wer weiß wie lange – du weißt, das ist meine Art nicht.« Sie sprach die Wahrheit. Es paßte zu ihrer mittelgroßen, schlanken, fast jungenhaften Figur, die etwas Kühles, Herbes hatte. Nur wo sie lieben konnte, klang ein tieferes Gefühl mit, und dann vermochte sie viele Widerstände zu überwinden. Es war ihre Natur, bereits zu Beginn alle Einwände zu machen. Hierdurch erschien sie schwerfällig. Doch dies ersparte ihr nachträglich Vorwürfe und Ressentiments.

Wim schwieg. Er fand es gut, daß sie sich wehrte. Sie kannten sich schon ungefähr sieben Jahre, er war damals neunzehn, sie einundzwanzig gewesen, seit drei Jahren waren sie verheiratet. Sie hatte ihre Ansicht, die durchaus selbständig war und oft der seinen widersprach, in ruhigem und festem Ton geäußert. Er liebte dies an ihr.

»Vielleicht ist es egoistisch von mir, aber es liegt mir nicht. Außerdem ist die Lage zu ernst, um leichtfertig einen Entschluß zu fassen.«

»Jop hielt es für eine vaterländische Pflicht.«

Sie lachte, so hatte er noch nie gesprochen. Doch als sie merkte, daß es ihm ernst war, hörte sie auf.

Wim sagte: »Es ist die einzige Art für uns weiterzukämpfen, überhaupt etwas zu tun, zu zeigen, daß man nicht einverstanden ist. Bürgerlicher Ungehorsam.«

Sie dachte an die Jungens, die gefallen waren, an die fünf Tage, an Rotterdam und vieles mehr. Langsam reifte in ihr der Entschluß.

»Natürlich«, erwiderte sie, »so ein Untertaucher ist keine Einnahmequelle, für uns zumindest.« Sie hatte gehört, daß oft unbeschreiblich hohe Preise geboten und auch gefordert wurden.

Am nächsten Tag stimmte sie zu, nachdem sie ihre Bedingungen gestellt hatte. »Einen Mann natürlich. Ich gebe ihm das Vorderzimmer oben. Es ist geräumig und hell, wenn man sich den ganzen Tag darin aufhalten muß... Was meinst du? ... Er braucht nicht immer auf die Decke zu starren. Vom Fenster muß er allerdings wegbleiben, das heißt... Na, das werden wir schon sehen... Und in der Ferne die See, man kann sie ahnen an der Zeichnung der Wolken und an der Luft am Morgen, ein wenig Abwechslung... Wie?«

Wim fand es gut.

Am Abend brachte Jop den Fremden, im Dunkel kurz vor elf. Marie hatte sie eingelassen, Jop verabschiedete sich schnell, er mußte wegen der Polizeistunde um elf Uhr zu Hause sein. »Gruß an Wim, ich komme morgen einmal schauen.«

Der Fremde stand im Vestibül, er trug seinen Hut tief ins Gesicht gedrückt, in der linken Hand einen mittelgroßen Handkoffer und unter dem Arm eine schwarzlederne Aktentasche. Marie öffnete die erste Tür rechts zum Vorderzimmer. Hier brannte kein Licht. Durch die geöffnete Schiebetür der Suite strahlte die Lampe aus dem Hinterzimmer, in dem Wim mit einer Arbeit beschäftigt am Tisch saß, auf der dunkelbraunen Tischdecke lagen Bücher und Hefte verstreut. Eine Teetasse daneben. In der Kammer hing der feine, würzige Qualm eines leichten Holzfeuers, unterhalten mit Torfstücken.

Als Marie ihm die Türe geöffnet hatte, war er mechanisch durch das halbdunkle Vorderzimmer gegangen, zögernd. Hinter ihm schloß Marie die Tür. Als er Wim sitzen sah, blieb er stehen, im Rahmen der Schiebetür, vor der Schwelle des Hinterzimmers. Jetzt erst schien er sich zu erinnern, daß er in einem Zimmer stand. Langsam nahm er seinen Hut ab.

Wim war aufgestanden und drehte sorgfältig die Kappe der Füllfeder fest. Dann steckte er sie in die linke, obere Westentasche. Er sah, wie der Fremde in einer fast unmerklichen Bewegung des Kopfes den Blick kurz nach rechts gehen ließ, wo der Ofen stand. Auch war es ihm, als ob sich seine Nasenflügel unter dem Einatmen des feinen Holz- und Torfqualmes leicht strafften und wieder entspannten. Er trug noch einen Wintermantel. Von dem Laufen durch die Stadt war ihm anscheinend warm geworden. Auf der Stirn standen Schweißperlen, auch das Gesicht – von dunkler Hautfarbe mit kleinen Falten um Mund und Augen, tief eingekerbt in die sonst straffe, glattrasierte Haut – glänzte. Seine großen, dunklen, etwas schwermütigen Augen sahen flackernd und fiebrig aus. Das Haar war glatt und dicht, tief in der Stirn. Ein spanischer Typ! Wim sah, daß der Fremde der Ältere war. Er schätzte ihn ungefähr vierzig.

»Kommen Sie herein!« sagte Wim, es fiel ihm nichts anderes ein als diese alltägliche Redewendung. Zugleich lud er ihn mit einem Nicken seines Kopfes ein, näher zu treten.

Der Fremde trat schweigend über die Schwelle. Koffer und Handtasche trug er so, als wenn er es gewohnt war, sie mit sich zu tragen. Seinen Hut trug er ebenfalls in der Linken.

Wim trat ihm einige Schritte entgegen, streckte seine Rechte vor und sagte leiser, als es seine Gewohnheit war: »Willkommen.«

Der Fremde schlug ein. Sie standen dicht voreinander, beide von ungefähr gleicher Größe. »Danke« – sagte der Gast.

Später ließ er es geschehen, daß Marie seinen Mantel und seinen Hut nahm, um sie in das Vestibül zu bringen und Wim seinen Koffer und seine Aktentasche in eine Ecke stellte. Doch plötzlich sagte er mit einer hell gefärbten Stimme: »Es ist vielleicht besser, wenn auch der Mantel und der Hut vorläufig hier bleiben. Ich nehme sie später mit auf meine Kammer.« An der Tür drehte Marie sich um und sah verlegen auf die Männer.

»Es ist besser«, bestätigte Wim und lachte ihr freundlich zu. Und zu dem anderen gewandt: »Sie haben recht, wir müssen es erst noch lernen.« Jetzt lachte auch Marie. Sie legte die Sachen über einen Stuhl und brachte Tee.

Das Gespräch lief nur stockend. Endlich begann der Fremde, seine Augen blickten ruhiger und weniger fiebrig: »Es ging alles so schnell, Jop mußte sogleich wieder fort.«

Er sagte also »Jop«. Wim merkte es sich.

»Er muß pünktlich zu Hause sein«, fuhr der andere fort.

Allmählich gewann Wim seine alte Sicherheit behaglich wieder. Auch wenn er hier der Jüngere war, so war er doch zugleich der Gastherr, und das brachte verschiedene Verpflichtungen mit sich. Er fühlte, daß der andere haarfein die Gründe seiner anfänglichen Befangenheit begriff und sie wegzunehmen trachtete, obwohl er selbst sich in einer wenig unbefangenen Lage befand. Wim bot ihm eine Zigarette an und sagte, als er das Feuerzeug anstrich: »Meine Frau und ich freuen uns, daß wir für Sie etwas tun dürfen.«

Marie nickte zu seinen Worten und blies langsam den Rauch ihrer Zigarette durch die Nase. Auch sie hatte ihre Haltung völlig wiedergewonnen. Die Begrüßung war ein wenig formlos vor sich gegangen. Der Fremde hatte recht, es ging alles so schnell, Jop mußte püntlich zu Hause sein. Es galt, langsam in dem vertrauten Hafen einer bekannten, sicheren Konvention zu landen.

Der Fremde strich sich mit der Hand übers Haar. Er konnte es noch nicht glauben, daß er hier sicher war.

»Die Umstände, unter denen wir hier zusammenkommen«, ergriff Wim wieder das Wort, »sind nicht gerade ausgesprochen gesellschaftlicher Natur. Und auch die Absicht unseres Zusammenseins nicht. Wir werden das noch zusammen erleben, aber trotzdem möchte ich gerne wissen, wie Sie heißen... Unseren Namen kennen Sie sicher?«

»In der Dunkelheit konnte ich ihn nicht lesen«, antwortete der Fremde und zeigte sich verlegen.

Sie waren erstaunt. »Jop hat Ihnen unseren Namen nicht gesagt?« sagte Wim. Was bedeutete das?

»Nein –« erwiderte jener, »es war auch besser so. Es hätte unterwegs doch etwas geschehen können. Es ist besser, wenn man nicht zuviel weiß. Bis zum letzten muß man vorsichtig sein.«

Hier machte er eine Pause, sah auf Marie und Wim und sagte dann zögernd: »Gestatten Sie darum, daß auch ich – ach nennen Sie mich Nico.«

Marie fand es sehr überraschend, ein wenig überstürzt.

Aber Wim sagte: »Das ist gescheit, Nico« – und gab ihm über den Tisch die Hand – »das ist gescheit, schließlich können wir uns hier nicht lange Komplimente machen. Wir müssen zusammen leben. Ich bin Wim und das ist Marie.«

Auch Marie gab ihm die Hand.

Dann schenkte sie noch eine Tasse Tee ein.

»Wir haben auch zum Verstecken einen Platz für dich, Nico, in deinem Zimmer.«

Ein Leuchten zog über sein Gesicht. Alle kleinen Falten wurden lebendig, als er lachte. Zaghaft begann er sein Glück zu fassen.

»Wir werden ihn dir morgen zeigen. Es ist ein wenig kompliziert – heute ist es zu spät.«

»Gut, Wim, gut.«

»Diese Nacht brauchst du dir keine Gedanken zu machen. Hier sucht dich niemand.«

»Ich bin nicht bang, Wim.«

»Wenn wir ein wenig gescheit sind und vorsichtig, kannst du hier unbesorgt sein und bleiben.«

»Ich hoffe, daß ich euch keine Schwierigkeiten bereite, Marie und dir. Ich weiß nicht, wie lange es noch dauern wird.«

»Das weiß niemand, Nico. In deinem Interesse hoffe ich, daß es nicht mehr zu lange währt.« Wim erhob sich. »Ich denke, wir gehen jetzt –«

»Nicht nur in meinem«, unterbrach ihn Nico und wurde ernst. Jetzt sah man wieder deutlich, daß er der viel Ältere war... »Es sind so viele, so viele...« Es klang einfach und echt.

Wim stutzte, diesen Ton verstand er gut. »Du hast recht – für alle, die in deiner Lage sind, hier oder sonstwo –«

»Und das sind nicht nur Juden –« fügte Nico hinzu. Er erhob sich. Was zu sagen war, hatte er gesagt!

»Auch das«, erwiderte Wim. »Ich werde dir jetzt deine Kammer zeigen.«

»Gute Nacht, Marie.«

»Schlaf gut, Nico, deine erste Nacht hier...«

»Wann morgen früh?«

»Ja wann?«... eben stutzte sie und lächelte ein wenig mitleidig. »Du hast ja Zeit. Ich bringe dir den Tee nach oben.«

»Danke.«

Beladen mit allen Sachen stiegen die Männer die Treppe hinauf.

IV

Noch anderthalb Stunden!

Wim saß wie gewohnt unten im hinteren Zimmer. Die Türen der Suite hatte er zugeschoben. Vor ihm auf dem Tisch lagen Bücher und Hefte, er bereitete sich seit langem auf ein Examen vor, um im Betrieb eine höhere und besser bezahlte Stellung zu erlangen. Im Augenblick arbeitete er nicht. Er hatte seinen Stuhl ein wenig mehr zum Ofen gedreht, auf den Knien hielt er eine Zeitung, die den Tabak der Zigarette auffing, die er sich rollte.

Marie stand in der Küche und wusch. Sie hatte sich aus dem Wäschekorb getragenes Unterzeug, Strümpfe und andere Sachen geholt, noch so spät am Abend. Immer wenn es darum ging, ihre innere Ruhe und ihr Gleichgewicht wieder zu erlangen, begann sie zu waschen und zu putzen. Wim kannte das. Morgen kam die Kammer oben an die Reihe. Schließlich hatte auch ein Toter in ihr gelegen.

Morgen, vielleicht schon in der Frühe, würde ihn auch die Polizei finden. Auf diese Weise kam er doch noch zu einem richtigen Begräbnis. Später konnte man ihn, wenn es jemand verlangte – aber wer in Gottes Namen, denn er hatte ja niemanden mehr! – später konnte man ihn wieder ausgraben und einen Stein setzen mit seinem richtigen Namen. In einer vertrauten Minute hatte er ihn preisgegeben. Bram Cohen, geboren... gestorben... Für sie war er Nico gewesen.

»Das Ende möchte ich noch erleben, Wim, was meinst du?«

»Warum nicht, Nico?« Es war lange vor seiner Krankheit. »Wir alle wollen das – und wenn wir vorher keine Bomben auf unser Dach bekommen...«

Eigentlich hatte er sich bei den Bomben nichts vorgestellt. Es war eine Art kosmischer Resignation.

»Glaubst du, daß sie noch kommen?« – »Sie«, das waren die anderen, auf der anderen Seite des Kanals, die Invasion! Eine Gewissensfrage!

Wim schob die Unterlippe vor, die Augenbrauen in die Höhe, zog den Kopf dabei ein wenig in den Hals zurück, daß seine Schultern spitzer herausstachen – ein Gesicht, das alles ausdrückte, was in ihm vorging: ich weiß es nicht, Nico... (Natürlich, wer konnte mit Sicherheit sagen, daß er es wußte)... ich glaube es auch nicht... (Besser man rechnet nicht mit der Möglichkeit, dann wird man später nur angenehm überrascht)... aber ich hoffe es doch... (Dann wäre der ganze verd... Dr... endlich, endlich vorbei)...

»Es ist zu spät schon, Wim – ist es für viele nicht schon zu spät?«

»Ja, leider.« Wim mußte es bejahen. Man konnte die Geduld darüber verlieren.

Schweigen.

Nico sank in seinen Gedanken ab. Dann sah er alt und grau aus, ein müder Vogel, so gar nicht wie ein Reisender in Parfümerien. Er kam zu wenig an die Luft, die wenigen Spaziergänge am Abend in der Dunkelheit um Neumond... Er trug eine alte, verschlissene Hauskleidung, irgend etwas zusammengestellt, eine grau-grüne Hose, blauen Rock, überall, an Ellenbogen und Knien saßen Stopfer und Flicken. Meistens lief er auch ohne Schlips. Am Abend war sein Bart schon wieder stark. Früher hatte er sich zweimal am Tage rasiert.

»Ein Glück, daß meine Eltern schon tot sind.«

»Ja, Nico, ein Glück für sie.«

»Auch für mich. Was hätte ich tun sollen?« Nach einer Weile: »Sie haben alte Leute verschleppt, im Viehwagen, Greise, Kranke... keine Märchen.«

Auch dies wußte Wim. Deshalb hütete er sich, Dinge, die man zu gut weiß, zu ausführlich zu besprechen. Es lag eine Gefahr darin.

»Eine Zigarette, Nico?«

»Danke.«

Feuer.

»Danke, Wim.«

Die ersten Züge schweigend. Dann: »Der Tabak ist aber noch gut, woher hast du ihn?«

Und Wim erzählte die Historie von dem Tabak. »Holländisches Gewächs«, sagte er und schmunzelte, »nach Belgien geschmuggelt, dort fermentiert und etwas parfümiert mit irgendeiner Sauce – und dann wieder zurückgeschmuggelt.«

Für eine kurze Zeit schweiften Nicos Gedanken längs der

belgischen Grenze. Er lehnte sich zurück in seinem Stuhl und ließ sich erzählen.

»Kapitalien gehen auf diese Weise über die Grenze, wenn wir beide nur die Hälfte davon hätten, Nico.«

»Was dann, Wim, was dann?« Er gab seinen Anteil, wenn der Krieg damit morgen beendet wurde.

»Letzte Woche sprach ich einen Geschäftsfreund aus Eindhoven«, sagte Wim und nahm noch einmal Feuer. »Was da alles über die Grenze geht – von illegalen Menschen bis zu illegalen Schafherden – alles, alles wird hin und herübertransportiert.«

»Im letzten Krieg war es genauso.«

»Das weiß ich nicht mehr.«

»Aber ich kann mich noch entsinnen, mein Vater hat es einmal erzählt.«

»Mein Vater«, hatte er gesagt. Es klang so seltsam aus seinem Munde. Es bedeutete zugleich seines Vaters Vater und wiederum dessen Vater. Wie wenn jemand aus Zufall gegen eine Glocke geschlagen hätte, und nun begannen alle Glocken mitzutönen, die einstmals während vieler Generationen aus diesem Metall gegossen waren, zurück zu einem Ursprung.

Er machte ein paar Züge und stieß den Rauch nachdenklich in die verqualmte Kammer. So zwei, drei Zigaretten an einem Abend – was für ein Luxus!

»Und wenn sie geschnappt werden, Wim?«

»Mit so einer Schafherde sind einige zehntausend Gulden weg. Aber der folgende Transport bringt es wieder ein.«

»Und Menschen, wenn sie die fangen?«

»Das kommt drauf an, ob es Piloten sind aus den englischen Flugzeugen, die sie hier abschießen...«

»Was, das gibt es auch?«

»Natürlich, Nico, sie reisen als Stumme, als ein Transport von Stummen zum Arbeitseinsatz...«

Sie mußten lachen, wenn sie es sich vorstellten. Die jungen, sportlichen Männer und stummer Arbeitseinsatz!

»Und die anderen?«

»Das ist anscheinend auch gut organisiert. Wer einmal drüben ist, der ist gerettet. In Belgien gibt es nur eine Militärbehörde, nicht wie bei uns eine bürgerliche Verwaltung.«

»Meinst du, daß auch ich es einmal versuchen sollte –?« sagte Nico plötzlich, denn er hatte seit kurzem ein Papier, das bewies, daß er die und die Person sei. Einen falschen Ausweis natürlich, aber immerhin, wenn man ihn nicht gerade unter die Quarzlampe hielt... Warum fragte er eigentlich? Das war seine stille Angst. Er befürchtete immer, einmal könnte Wim darauf nicht sogleich antworten und, indem er vorgab nachzudenken, ruhig und scheinbar sachlich sagen: »Das müßte man sich einmal genau überlegen.« Er erwartete es fast. Und von Zeit zu Zeit machte Nico deshalb eine kleine Stichprobe. Es überkam ihn wie eine fiebrige Krankheit, daß er lästig sei, daß die anderen genug von ihm hatten und ihn endlich los sein wollten. Obwohl ihm niemand auch nur die geringsten Anzeichen gab, so hielten ihn die vermeintlichen Gedanken der anderen gefangen: »Wenn wir ihn jetzt nicht hätten, dann könnten wir...« Oder: »Wir haben doch auch einen..., das ist dann nicht so einfach. Und gefährlich doch auch...« Oder... Es ist wie eine Krankheit, die Gedankenkrankheit der Untertaucher, sie raubt die Unbefangenheit und macht frech oder schwach. Nur wenige läßt sie aufrecht.

Aber Wim fiel ihm in die Rede: »Nein, Nico, es ist besser, du steckst deine Nase nicht bei Tageslicht an die Luft.« Bei der scharfen Kontrolle! Ehe man an die Grenze kam, mußte man vier Stunden mit dem Zug fahren. Es war ihm ohne weiteres anzusehen. »Ich würde es nicht darauf ankommen lassen.«

Hatte er es überhaupt gehört? Ja, ja, aber seine Gedanken waren schon wieder weiter gerast. Sie fuhren in den Zügen mit, die ohne Unterlaß gen Osten gingen, liefen durch die Lager, die Freudenhäuser des Todes, schlüpften ein in Bunker und Kammern, sahen bis ans Ende, bis ans –

Und dann sagte er: »Sie müssen schnell machen, Wim, sonst wird es für uns auch zu spät.«

Es war der tiefste Punkt, den er erreichen konnte. Und er erreichte ihn oft – nur zu oft.

»Ach, Nico«, sagte Wim und lehnte sich weit zurück. Im gleichen Augenblick wünschte er, daß er selbst sechzig und der andere vierzig wäre. Dann wäre es leichter gewesen. Aber dieses Ende hätte auch er nicht verhindern können –

Wie kalt es des Abends noch war, Wim warf Holz und Torf in den Ofen. Beides zusammen gab eine angenehme Wärme, die schnell aufstieg. Und der feine, würzige Qualm.

Marie erschien in der Zimmertür. Sie hatte sie mit dem Ellenbogen aufgedrückt und trocknete sich nun ihre nassen Hände an der Küchenschürze ab. Ihr Gesicht glühte von der Anstrengung. Ihre Augen waren noch gerötet.

»Wim, ich dachte mir –«

»Ja?«

»Ich dachte mir – du wirst vielleicht denken, warum kommt sie jetzt damit.«

»Was dachtest du? Sprich nur... Komm, setz dich.«

»Nein, ich bin draußen noch nicht fertig... was nun mit seinen Sachen wird?«

»Mit was für Sachen.«

»Nun, von Nico, seine Kleider, Wäsche und so –«

Wim stieß ein kurzes, mitleidiges Lachen aus. »Er besaß ja nicht viel.«

»Nein, nicht viel. Soll ich es morgen waschen? Oder...«

»Ja, mach es ruhig morgen.«

»Morgen kommt Coba, ich werde sie fragen«, sagte Marie und schloß wieder die Tür. Coba hatte ihr schon oft geholfen, sie würde auch wissen, was mit der gewaschenen Wäsche zu beginnen war.

Ja, auch Coba wußte es natürlich, ebenso wie Maries Mutter, Leen und sein Freund Leo, der alle möglichen nützlichen Dinge im Verborgenen tat. Es ließ sich nicht umgehen – der enge Kreis, wie ihn Marie sich anfangs vorgestellt hatte, war durchbrochen. Es kam fast von selbst. Und auch das andere kam beinahe von selbst. Unerwartet, oder doch nicht so ganz unerwartet. Ein kleines Ereignis nur, aber doch ein Künder, ein Botschafter, den das große Ereignis, das tägliche Geschehen geschickt hatte, um zu mahnen, da es selbst fast unsichtbar, wie zwischen den Zeilen nur geschah. Ein Wind, der auch des Sommers vom Meer her landeinwärts weht, ein wenig voller nur, und schärfer, so daß man leicht fröstelt, eine Wolke, die er schärfer gezeichnet und nicht mehr so strahlend und durchsichtig mit sich bringt, wenn es September wird. So wie eine leichte Erkrankung, fast nicht wert, um sich ins Bett zu legen, den Tod schon empfangen hat.

Zu dritt lebten sie jetzt schon fünf Monate zusammen, vorsichtig und oft in Spannung. Aber doch normal, wie eine jede Gemeinschaft, in der der eine Mensch auf den anderen angewiesen ist, sich selbst zurechtrückt und den Stern findet, unter dem es sich gemeinsam leben läßt.

»Er will heute lieber oben essen«, sagte Marie, noch etwas verstört, füllte die dicke Erbsensuppe in den tiefen Teller und setzte ihn auf das Tablett, auf dem bereits ein Glas Wasser stand.

Wim hob seinen eigenen, noch leeren Teller vorsichtig empor, wiegte ihn sacht mit seinen Fingerspitzen und setzte ihn dann wieder behutsam auf den Tisch, ein wenig mehr nach links.

Dann brachte Marie das Essen auf seine Kammer.

»Du hast es ihm also erzählt«, sagte Wim, als sie wieder unten bei ihm erschien; langsam strich er mit beiden Händen über seine Oberschenkel, sein Rumpf bewegte sich im Takte mit.

»Ja, heute mittag. Er selbst scheint so etwas geahnt zu haben. Plötzlich fragte er mich von selbst, warum...«

»Und?...« unterbrach sie Wim. Seine Ungeduld verriet ihn.

Aber es gab gar kein »Und«. Marie setzte das leere Tablett auf einen Stuhl in der Nähe der Tür und trat näher an den Tisch.

Man hatte Jop gefangengenommen, vor drei Tagen; er war in eine Falle gelaufen, aus Unvorsichtigkeit, aus Verrat – wer konnte es sagen? Dergleichen geschah – leider – zu oft in diesen Tagen. Dies war der Einsatz, den ein jeder spielen mußte, der sich überhaupt an dem Spiel beteiligte. Man hatte Haussuchung bei ihm gehalten, um nach Papieren zu suchen, die gegen ihn zeugten. Jetzt saß er in Amsterdam in einem berüchtigten Polizeigefängnis, niemand wußte, ob er das »Kreuzverhör« lebend überstehen würde. Er brauchte nicht viel zu sagen, man war ja so bescheiden, man war schon zufrieden mit einer kleinen, einer winzig kleinen Aussage, – ein kleines Steinchen nur, hoch oben im Gebirge, das losschlug und im Fallen sich zu einer Lawine auswuchs.

Auch Marie und Wim wurden gewarnt, zu spät allerdings; die Gefahr war bereits vorüber. Sie berieten sich, ob sie es Nico mitteilen sollten, – ob es nicht überhaupt besser war, ihn für kurze Zeit aus dem Hause zu schaffen. Nach zwei Tagen kam ein Bericht, daß Jop bei den sogenannten »leichten« Fällen saß. Vorerst war also nichts zu befürchten. Aber doch mußte man auf der Hut sein. Sie beschlossen, es Nico zuerst einmal mitzuteilen.

»Ach« – begann Marie, »er blieb eigentlich ziemlich ruhig.« Sie stockte. »Er erschrak.« Sie stockte wiederum. Sie dachte lange nach, um die Worte zu finden, die das auszudrücken vermochten, was sie zu ihrem eigenen Schrecken wahrgenommen hatte.

Sie hatte die Angst gesehen, die grausame, hilflose Angst, die aus der Trauer und der Verzweiflung aufsteigt und sich an nichts mehr bindet, – die hilflose Angst, die sich nur an das Nichts bindet. Keine Angst, keine Verzweiflung um einen Menschen oder um eine Sache, nichts, nichts, das Preisgegebensein allein, weggeschlagen von allen Sicherheiten, von aller Würde und aller Liebe. Der Mann bot sie ihr so schamlos dar, daß es Marie war, als ob sie ihn selbst in seiner Nacktheit sähe. Kein Schrei, keine Verzerrung des Gesichts oder der Hände, er war aufgedeckt und stand mitten im Raume, Mittelpunkt und Zielscheibe für alle vergifteten Pfeile, die man jenseits des Lebens auf ihn abschoß. Und Marie begriff, daß Worte wie Nächstenliebe oder nationale Pflicht oder bürgerlicher Ungehorsam nur ein schwacher Abglanz waren von dem tiefsten Gefühl, das Wim und sie damals bewogen hatte, einen Menschen, der verfolgt wurde, in ihrem Haus zu beschützen. Wie man einen Körper mit Tüchern und Kleidern verhüllt, da der Brand seiner Nacktheit das schauende Auge zu tief blendet, so umhüllt sich das Leben selbst mit kostbaren Verkleidungen, hinter denen das doppelzüngige Feuer der Schöpfung, wie unter Aschen, schwelt. Liebe, Schönheit und Würde, – alles das war nur angetan, um dem, der sich der Glut in Ehrfurcht nahte, nicht die gierigen Hände und durstenden Lippen zu versengen. Doch wo die schützende Umfassung der Gewalt und der Vernichtung anheimfiel, kam das unverzagte Herz in Aufruhr und ruhte nicht eher, bis es neue Maskeraden geformt und neue Fäden gesponnen hatte, um das Schmähliche zu versöhnen, das Unerträgliche zu erheben.

Auch der Mann, der ihr so bleich gegenüberstand und für einen Augenblick seine Augen schloß, fühlte den Blick, den die Frau auf ihn richtete. Er flüsterte: »Und ich hatte mich so sicher gewähnt, so sicher.«

Er hatte den Namen Jop nicht genannt. Aber Marie sah dennoch, daß er dauernd an ihn dachte und auch ihn in seine – vermeintliche – Sicherheit einbezog. Fast schämte sie sich, daß sie alles dessen Zeuge sein mußte.

Sie hatte dafür keine Worte. Sie sagte: »Er erschrak, natürlich, für uns alle, für Jop, für sich, für uns. Vielleicht ist die Reihenfolge auch ein wenig anders, was macht's schon aus?«

»Merkwürdig«, sagte Wim, »ich hätte gewettet, daß... Hat er denn nichts weiter gesagt?«

»Wollen wir nicht erst einmal essen?«

Sie setzte sich. Dann fuhr sie fort: »Er schlug mir vor, sich einen anderen Platz zu suchen.«

»Wie denkt er sich denn das«, fragte Wim ein wenig angriffslustig. »Will er so auf die Straße gehen, er weiß doch gar nicht wohin. Ich hoffe, du hast es ihm gesagt, Marie.«

Marie begann die Teller zu füllen und war mit ihren Gedanken schon wieder in der Küche. Sie dachte an die Fleischstücke, die sie früher immer in der Suppe gekocht hatte und die diese so besonders schmackhaft machten. Wann würde sie wieder Fleisch in ihrer Suppe haben?

Sie begannen zu essen. »Ich werde nachher mit ihm sprechen«, sagte Wim.

»Heute abend kommt er sicher nicht mehr herunter.«

»Dann gehe ich hinauf.« Schweigen. »Hast du ihm auch gesagt, daß für seine Lebensmittelkarten weiter gesorgt wird?«

»Das habe ich vergessen«, sagte Marie und ließ den Löffel in die fleischlose Suppe zurückfallen. »Daran habe ich gar nicht gedacht.«

Und Wim sprach langsam, ohne aufzusehn: »Der ißt doch jetzt keinen Bissen da oben.«

»Ich gehe schon«, rief Marie, ein wenig beschämt und flog die Treppe hinauf. Sie blieb nicht lange.

»Du hattest recht, Wim«, erklärte sie, als sie wieder, etwas erhitzt, an der Tafel erschien. »Alles stand noch, wie ich es ihm gebracht hatte –, unangerührt.«

»Vielleicht war es ihm noch zu heiß«, sagte Wim und blies lange auf den gefüllten Löffel, bevor er ihn vorsichtig in den Mund führte.

Am Abend sprach er mit Nico.

»Ja, was wird nun geschehen«, fragte Nico zaghaft.

»Nichts«, antwortete Wim.

Er hatte recht. Es geschah nichts. Jop blieb weg, und Leen kam, der genau das gleiche tat, was Jop getan hatte. Es ging weiter.

Vor allem Coba erwies sich als große Hilfe. Sie hütete das Haus, wenn Marie einmal für kürzere oder längere Zeit abwesend sein mußte, wie damals, als ihre Mutter erkrankte und Marie sie zehn Tage pflegte. Wie ihr Gang war, so war auch Cobas Wesen – ohne Schwere, über jedes Hindernis leicht hinwegschwebend, dabei fest und bestimmt. Sie lachte gern. »Ausgezeichnet«, sagte sie, als Marie sich ihr – gleich bei ihrem ersten Besuch – anvertraut hatte. »Ausgezeichnet. Wie alt? Das geht. Älter sind sie schon zu stark verkalkt. Ich wollte euch schon lange fragen, ob ihr nicht jemanden aufnehmen wollt.«

»Ja, hättest du das auch getan?«

»Einen? Zwei oder vier! Aber nicht drei zusammen. Das ist schlecht bei Streit und so. Da ist immer einer gegen zwei. Übrigens, habt ihr nicht noch jemanden an der Hand, ich muß gerade noch drei Menschen unterbringen.«

»Du?«

»Ach ja, es läuft einem so über den Weg.«

Nein, die Coba, wer hätte das gedacht. Marie schwindelte es.

»Empfängt er auch Besuch? ... Er hat niemanden? Ein anderes Gesicht müßte er von Zeit zu Zeit doch einmal sehen.« Es zeigte sich, daß sie über so manche Erfahrung verfügte, die von Nutzen war. »Vorsichtig«, sagte sie, »vorsichtig, Kinder, – aber in Grenzen, nicht übertreiben! Das führt zu Angstkomplexen und ist der Beginn der Dummheiten. Nicht isolieren, und von Zeit zu Zeit frische Luft, wenn möglich. Stell dir vor, wir...!«

Sie sagte sofort »Nico« und er »Coba«. Sie war Ende zwanzig. Sie brachte ihm das nächste Mal neue englische und französische Bücher, Detektivromane und anderes.

»Wenn die Geschichte vorbei ist, Nico, kriegen wir, Marie und ich, lebenslänglich Parfum von dir, einverstanden?«

»Nuit de Paris, Romance für die Dame am Abend...«

»Nicht nur für den Abend, Nico, den ganzen Tag bin ich Dame –«

Er fuhr fort: »Violetta, Sans-Gêne für den Nachmittag, und des Morgens für die Modenschau...«

»Meinetwegen –« sagte Marie, »ich bin noch nie auf einer Modenschau gewesen.«

Die Namen, die früher wie Zauberformeln geschmeidig und mit Wohlklang über seine Lippen dufteten, klangen nun gewöhnlich und seltsam ungebraucht. Auch sie waren einmal gewesen. Und vielleicht werden sie einmal wieder sein...

»Nur einen Tropfen hinter das Ohrläppchen, Marie. Das Parfum ist die Visitenkarte der Dame!«

Sie lachten. Und Nico lachte mit!

»Und welches bevorzugt die weiße Königin?« fragte Coba mit einem Blick auf die Schachfiguren in Schlachtordnung.

»Das hängt davon ab, ob sie auf Verlust oder auf Gewinn steht.«

»Und ich dachte, dein Parfum helfe einem zu gewinnen, Nico?«

»Da mußt du zur Konkurrenz gehen, Coba, ich nicht«, seufzte Nico, und warf die weiße Königin mit ihren Trabanten um. Bums!

»Ich kenne einen Pianisten«, plauderte sie ungestört weiter, »der sitzt wie du an einem Tisch. Aber er spielt Klavier.«

»An einem Tisch?«

»Die Klaviatur hat er sich auf die Tischplatte gezeichnet. So kommt er wenigstens nicht ganz aus der Übung. Schließlich war Beethoven auch taub.«

»Wie lange sitzt er denn schon?« fragte Marie zaghaft.

»Wir suchen jetzt den dritten Tisch für ihn, am liebsten aus Eiche, zwei andere hat er schon durchgespielt.«

»Da hast du es mit deinem Schach schon besser«, sagte Marie und nickte ihm freundlich zu.

»Ja«, bestätigte Nico, ein wenig gehorsam, »da habe ich es in der Tat besser...«

Dergleichen Besuche halfen, wie auch die von Leo, dem Photographen, der außerdem seine Haarschneidemaschine mitbrachte. Er erschien regelmäßig alle drei Wochen.

»Ich schneide nur ein Modell«, sagte er und rieb sich geschäftig die Hände. »Ich hoffe, Sie werden mit mir zufrieden sein. Und wenn ich die geehrte Kundschaft auch nach dem Kriege behalten darf...«

Er war Lehrer für Naturkunde und Geographie am Lyzeum. Nico saß wie ein geduldiges Schaf auf dem Stuhl und ließ alles mit sich geschehen. Er freute sich auf diese Besuche. Er war lustig und tat überall mit. Aber plötzlich hielt er ein. Dann konnte er nicht mehr. Selbst in eine Haarschneidemaschine konnte einmal ein Stückchen Haar oder Staub geraten und die geschmeidige Bewegung der Messer zum Stocken bringen. »Da sitze ich hier also und bin fröhlich, weil mir die Haare geschnitten werden«, dachte er bei sich, »bin fröhlich, während...«

Die anderen merkten es. Aber Leo schnitt weiter.

Wim und Marie saßen dabei. wenn er schnitt. Sie entgingen nur mit Mühe den Anfällen der tückischen Maschine.

Zum Schluß gab Leo eine Extravorstellung und schnitt sich selbst die Haare. Allerdings nur die rechte Seite.

»Die linke hat er noch nicht gelernt«, spottete Nico und besah seinen eignen Schnitt zum drittenmal im Spiegel. Nach der Prozedur fühlte er sich immer etwas traurig und einsamer.

»Die linke ist für den nächsten Kunden«, sagte Leo und bürstete sich den Rock ab.

V

Es gab auch Probleme. Natürlich, überall wo Menschen zusammenleben, gibt es Probleme. Sie sind wie kleine Bomben mit Zeitzündung, die einstmals in grauen Zeiten gelegt wurden. Meistens explodieren sie zu Momenten, wenn man denkt, daß alles doch in bester Ordnung ist. Peng! Ein Knall, man ist überrascht, erschrocken und leicht verärgert.

Probleme sind lästig, weil sie überraschend kommen und man sich anstrengen muß. Leute, die behaupten, daß sie ein Problem »ankommen« sehen, gleichen denen, die das Gras wachsen hören.

Ein Problem war die Putzfrau. Sie kam wie gewohnt, jeden Dienstag und Freitag seit zwei Jahren, putzte und schrubbte abwechselnd die Zimmer der unteren und oberen Etage, die Küche, das Treppenhaus, stopfte, wenn sie noch Zeit übrig hatte, Strümpfe und andere Wäschestücke. Sie war gewohnt, frei durch das Haus zu gehen, das sie bis in die letzte Ecke kannte, und zu arbeiten, ohne daß Marie ihr vorher noch große Anweisungen gab. Und jetzt sollte auf einmal die obere Etage und vor allem Nicos Zimmer »tabu« für sie sein...

»Sie auf einmal entlassen«, sagte Marie abends, als sie allein waren, zu Wim, »fällt erst recht auf. Ich werde sie langsam beschränken.«

»Ich bleibe einfach auf meiner Kammer«, entschied Nico. Das tat er übrigens immer, mit Ausnahme von den Tagen, an denen er sich tüchtig langweilte und zur Abwechslung getreu jede anderthalb Stunden, wie nach der Uhr, auf das WC der oberen Etage ging. »Auch dieser Mittag geht vorüber.«

»Bleib möglichst in deiner Kammer«, hatte Wim zu Beginn gesagt. »Über Tag kommt noch der eine oder andere hier auf Besuch. Marie ruft dich, wenn die Luft wieder rein ist.«

Wenn die Klingel ging, hielt er einen Augenblick oben seinen Atem an und lauschte angespannt. Der Milchmann? Nein, der kam erst gegen Mittag. Eine Frauenstimme! Das ist – er hörte Lachen und helles Sprechen – das ist – und auf einmal dazwischen das Rufen einer Kinderstimme – das ist also Jaapje mit seiner Mutter. Brave Leute, hatte Marie gesagt, als sie ihn in einer vertraulichen Stunde über ihren Bekanntenkreis etwas eingeweiht hatte. Brave Leute, aber ein bißchen einfältig. Strikte Vorsicht. Zum Glück blieben sie nie lange.

Versteckt hinter seiner Gardine sah er später Jaapje mit seinen etwas krummen Beinen durch den Vorgarten trippeln, und die Mutter hinterdrein, während sie sich noch nach rückwärts gewandt mit Marie unterhielt, die in der Haustür blieb. Die Gartentür stand offen. Himmel, ein Pferdewagen! Aber Jaapje blieb an der Bordschwelle stehen und wartete.

»Mama, Mama!« rief er laut, »tomm!« Und sprechen konnte er auch schon! In dem letzten halben Jahr hatte er sich gewaltig herausgemacht.

»Er ruft mich, ich muß kommen«, sagte die Mama stolz. »Tag, Marie!«

Als sie weg waren, rief ihn Marie hinunter. »Hast du Lust, mir einmal das Geschirr abzutrocknen?«

»Gern, Marie.«

Er stand unten in der Küche, nahm vorsichtig Teller und Tassen in seine linke Hand und wischte mit der rechten, die das Tuch zusammengeknüllt hielt, darüber hin.

»Du brauchst nicht so gewaltig aufzudrücken, Nico. So... leichter...«

Das nächste Mal ging es schon besser. Marie konnte so schnell abwaschen, daß Nico mit dem Abtrocknen ins Hintertreffen geriet. Auf der grünen Gummimatte stapelten sich Tassen, Teller und Töpfe.

»Langsam, langsam, Marie, ich komme nicht mit.«

Marie lachte. Es ging ihr nur so von der Hand, es war, als flögen die Teller aus dem kochenden Spülwasser auf den Tisch. »Wim ist ganz verzweifelt, wenn er mir hilft«, sagte sie, »er behauptet, daß er allein vom Zusehen schon schwindlig wird.« Sie hielt den großen zinkenen Topf, in dem die Kartoffeln gekocht wurden, in das Wasser, drehte ihn nach allen Seiten, so daß kleine Wasserspritzer auf den steinernen Tisch und in den Abguß fielen, während sie das Innere mit einem Drahtgeflecht bearbeitete. »Man hat kein Material mehr, um die Töpfe sauberzumachen. Es dauert noch einmal so lange. In der Küche fühlt man, daß es Krieg ist, wenn man den Topf gefüllt oder leer hat. Immer das gleiche Lied.«

Sie goß das Spülwasser weg und ergriff einen Lappen, um die Wanne und den Abguß sauberzumachen. Dann half sie ihm, den Rest abzutrocknen. »Und dann brühe ich uns eine Tasse Kaffee auf.«

So ein Aufenthalt unten war wie eine Reise in ein anderes Land.

Einmal war er von selbst nach unten gelaufen, als er in seinem Zimmer und durch das Haus den Geruch von angebrannter Milch roch. Sicher war Marie ausgegangen, um Besorgungen zu machen; sie würde gleich zurückkommen und hatte inzwischen die Milch aufgesetzt. Der Geruch wurde von Sekunde zu Sekunde stärker.

Als er in die Küche kam, stieß er auf Marie am Kochherd. Nico erschrak. »Ach, ich dachte...«

»Was ist, Nico?« Es klang ein wenig überrascht, aber durchaus freundlich.

»Es roch so nach Milch.«

Da klingelte es, und Marie ging zur Tür. Nico blieb in der Küche zurück. Das angebrannte Eiweiß der Milch war auf dem schwarzen Kochherd zu einer Kruste angebacken.

Draußen stand der Fischhändler, vor ihm auf dem Boden ein großer, geflochtener Korb voll frischem Fang. Eine seltene Gelegenheit! Er wurde immer in die Küche gelassen, wo er die Fische putzte. Marie konnte ihn unmöglich wegschicken, dann kam er ein anderes Mal nicht mehr zurück. Außerdem aßen sie alle gern Fisch. Jetzt saß Nico in der Küche.

Marie war verwirrt und ließ den Fischhändler stehen, lief hastig zurück in die Küche, verschwand hinter der geschlossenen Tür und sagte flüsternd, ein wenig ungehalten: »Der Fischmann, Nico – wohin nur mit dir? Psst, ruhig bleiben. Deine Stimme –« Nico stand an den Küchentisch gedrückt und sah voller Not zu Marie. Was sollte er tun? Hinaus in den hinteren Garten konnte er auch nicht. Himmel, die dumme Milch! Mußte der Fischmann auch gerade jetzt kommen.

Dann hatte sie endlich den rettenden Einfall. Dicht neben der Küche befand sich ein WC, dessen Tür zur rechten Hand von der Küchentür auf den Gang mündete. Der Gang selbst war gute viereinhalb Meter lang, und an dessen Ende stand der Fischhändler, den großen, geflochtenen Korb unter dem Arm, im Begriff hineinzugehen. Entschlossen öffnete Marie die WC-Tür und dirigierte Nico mit einer Handgebärde aus der Küche in das Kabinett, dessen weit geöffnete Tür fast die ganze Breite des Ganges ausfüllte und so Nicos Rückzug deckte. Das »Besetzt« erschien als Halbmond auf der Tür.

»Kommen Sie!« rief Marie dem Händler zu. Sollte er denken, was er wollte.

Es dauerte eine halbe Stunde, bis er alle Fische abgeschuppt, sein Geld empfangen hatte und nach einem kleinen Schwatz aus dem Hause verschwand. Die ganze Zeit blieb Nico eingesperrt.

»Du hättest ruhig nach oben gehen können«, sagte Wim abends, als sie zusammen um den Tisch saßen und den Zwischenfall besprachen. Nico empfand es als eine Art von Gerichtsverhandlung, obgleich die beiden anderen das Geschehen gleichmütig aufnahmen und ihm keine übertriebene Bedeutung beimaßen.

»Aber dann hätte er doch gewußt, daß da jemand war.«

»Das hat er doch auf jeden Fall.«

»Aber einer, der oben wohnt, Wim...«

»Und warum nicht?«

?---?

»Warum sollen wir keinen Logiergast haben?«

»Tja.«

»Weißt du, Nico, man muß trachten, so natürlich und unbefangen wie möglich zu bleiben.«

Nico sah auf den Tisch, seine Hände trommelten gedämpft eine Melodie auf das Tischtuch. Endlich sagte er, abgehackt und mit Pausen dazwischen: »Natürlich, Wim – du hast recht – es war nur wegen der dummen Milch –«

»Nico dachte, ich sei weg – und er wollte die Milch retten.« Sie hatte sich bisher nicht in die Unterhaltung der Männer gemischt, wohlweislich. Schließlich war es Wim unangenehm genug, wo er doch der Jüngere und der andere ein ausgewachsener Mann war. Als sie dies sagte, sah sie Nico fest an, dessen sich steigernde Erregung sie mit Verwunderung bemerkte.

»Ich dachte, es ist so schwierig mit der Milchversorgung heute, Marie.«

»Das ist es auch. Aber es ist doch besser...«

»Das nächste Mal laß ich es –« stieß er plötzlich hervor und endete das Getrommel mit einem leichten Schlag seiner Faust, »– ich bleibe einfach oben und lasse Milch Milch sein.«

»Und ich werde mich bemühen«, erwiderte Marie spitz

und schaute interessiert nach dem Bild über dem Ofen, als sähe sie es zum erstenmal, »und werde das Gas zur rechten Zeit ausdrehen.«

Schweigen. Peinliche Stille. Nico bereute schon seinen leichten Schlag auf den Tisch. Aber er saß wie angenagelt auf seinem Stuhl, hilfesuchend sah er vom einen zum anderen.

»Ja«, sagte Wim mit seiner unerschütterlichen Ruhe und zog kräftig an seiner Zigarette, »es ist vielleicht das Beste, wenn wir es so halten wie bisher. Das ging doch sehr gut. Marie ruft dich, wenn sie meint, daß du kommen kannst. In einem Haushalt gibt es immer Überraschungen.«

Das war zumindest ein Wort, Nico atmete erleichtert auf. Diese Ruhe, die gutmütige Ruhe! Auch Marie fühlte, wie ihr Ärger langsam wich.

»Und dann«, fuhr Wim fort und lehnte sich weit in seinem Stuhl zurück, wie ein Vater, der eine Ansprache an seine vielköpfige Familie hält, »– dann glaube ich nicht, daß du damit – sagen wir – Marie kritisieren wolltest.«

»Nicht im mindesten, Wim«, pflichtete ihm Nico bei. Er zischte es förmlich heraus, um nicht eine Sekunde verstreichen zu lassen, in der die anderen vielleicht das Gegenteil denken könnten. »Nicht im mindesten.« Er blickte hinüber zu Marie, seine Augen groß aufgerissen, sein Gesicht nervös gespannt. Auch seine Hände zitterten.

Er tat ihr leid, ja, es dämmerte ihr, in welcher Verfassung er sich befand. Und daß er tiefer zu verwunden war, als sie in ihrer hausfraulichen Eitelkeit. Aber nur mühsam fand sie die Worte, um es ihm abzunehmen.

»Das kann schon einmal passieren«, flüsterte sie und probierte zu lächeln.

Obwohl es nicht deutlich war, was sie eigentlich damit meinte, ihr Mißgeschick mit der Milch oder Nicos, genügte es ihm doch, als er hörte, daß sich ihre Stimme verändert hatte. Es war vorüber.

Sie stand auf, um Tee einzuschenken.

»Es ist gut«, sagte die Putzfrau, »es kommt mir sehr gelegen, einmal in der Woche. Nein, ich nehme nichts anderes an. Das viele Bücken. Unsereins hat auch eine Galle und Leber.« Und die waren bei ihr nicht in Ordnung. Sie war eine Arbeiterfrau, ihr Mann arbeitete in Frankreich für die Deutschen, sie saß allein zu Haus mit sechs Kindern, vier Mädchen zwischen zwölf und achtzehn und zwei Jungens zwischen sieben und zehn.

»Und unser Schlafzimmer brauchen Sie dann auch nur alle drei bis vier Wochen groß sauberzumachen. Dann müssen Sie nicht soviel Treppen laufen.«

»Es ist gut«, erwiderte die Frau.

Nico blieb an diesen Tagen bewegungslos auf seinem Zimmer. Er hörte durch das Haus die Tritte der Frau schwer stapfen, hörte, wie sie Wäsche in das Schlafzimmer trug, mit dem Staubsauger hantierte und andere Dienste verrichtete. Und die Nähe eines Menschen, von dem er wußte, der selbst jedoch keinen Argwohn hatte, erregte die gespannte Ruhe und Einsamkeit seiner Kammer.

Gegen vier Uhr kam dann Marie herauf mit einer Tasse Tee. Sie hatte es so einzurichten gewußt, daß sie die Tasse in der Küche füllte, während die Frau drinnen im Wohnzimmer feierlich und müde auf einem Stuhl saß und ebenfalls ihren Tee trank. Marie kam nur an die Tür, ein Klopfzeichen, Nico öffnete einen engen Spalt und nahm die Tasse in Empfang. Dann schloß er sofort wieder hinter sich ab. An den übrigen Tagen brachte Marie ihre Tasse mit, und dann saßen sie zusammen und plauderten. So vergingen Wochen, ohne daß die Frau merkte, daß Nico auf seiner Kammer saß.

Einmal, Mitte Oktober, wieder an einem Dienstag, als die Putzfrau im Hause war, hörte Nico gegen vier Uhr langsam jemanden die Treppe hinaufkommen. Marie mit dem Tee, dachte er und erhob sich. Was läuft sie bedächtig? Vielleicht bringt sie ihren Tee mit, oder ein Wäschestück... Er schlich zur Tür und wartete. Die Schritte kamen näher, jetzt der letzte Treppenabsatz – auf seine Tür zu. Es war etwas gespannt in ihm. Marie, ich werde ihr das Tablett abnehmen. Er öffnete, vorsichtig.

Vor ihm stand die Putzfrau, sie trug einen Wäschesack und atmete schwer. Ihr graues Haar war von der Arbeit in Unordnung geraten und hing seitlings und über die Stirn in das gelblich-graue, etwas verquollene Gesicht. Sie hatte wieder Schmerzen, und während sie beim Treppensteigen mit der Wäschelast sich nach vorn überneigte, um die Stiche in dem Leib zusammenzudrücken, war sie in Gedanken auf die verkehrte Tür zugelaufen. Sie hielt den Wäschesack fest gegen die Brust gedrückt und sah mit erstaunten Augen auf den Mann, der da plötzlich in der Umrahmung der Tür stand und totenbleich wurde.

Alles aus, dachte Nico. Er begriff, daß er eine nicht wieder gut zu machende Dummheit begangen hatte. Er taumelte und schloß die Augen. Sein Körper fiel leicht gegen den Rand der halb geöffneten Tür. Als er die Augen wieder öffnete, stand die Frau noch immer zwei Schritte vor ihm auf dem Gang. Auf ihrem leidenden Gesicht lag jetzt ein verstehendes Lächeln, das zugleich einige Lücken in ihrem Gebiß sichtbar machte. Nico legte den Zeigefinger der rechten Hand auf seinen Mund, nickte ihr mit verzerrtem Gesicht langsam und traurig zu und schloß sacht die Tür.

Die Frau ging eine Tür weiter in das Schlafzimmer und stellte den Wäschesack ab. Als sie wieder die Treppe hinunterstieg, lag Nico schweißnaß auf seinem Bett, wie gelähmt, das Gesicht mit beiden Händen bedeckt. Er wußte nicht mehr, ob es wahr oder ein Traumbild gewesen sei. Sein Kopf schmerzte ihn.

Etwas später kam Marie und brachte Tee. Das Klopfzeichen, er öffnete, aber blieb hinter der Tür versteckt und streckte ihr nur die Hand entgegen. Dann schloß er schnell wieder ab. Marie entfernte sich arglos.

Der Rest des Mittags war Warten, das seine Nerven fast zerriß. Würde Marie kommen? Was würde sie sagen? Was konnte er zur Entschuldigung sagen? Nichts, nichts, er hatte sich selbst verraten. Es war alles aus. Er mußte von hier weg, er mußte seinen Platz wechseln. Aber wohin, wohin?

Aber Marie kam erst, als sie ihn am Abend zum Essen holte.

Er war bleich und verstört. So sehr er sich auch anspannte, um wie gewöhnlich zu erscheinen, es gelang ihm nicht, Wims Gruß mit der gleichen Unbefangenheit zu beantworten. Sie beide merkten es sogleich und ließen ihn in Ruhe. Sie kannten ähnliche Stimmungen an ihm, von Zeit zu Zeit zogen sie wie ein Unwetter herauf und verschwanden, als kämen sie nicht über ein großes Wasser. Der arme Teufel! Wer weiß, welche Gedanken mochten ihn bedrükken. Die Aussicht auf noch einen Winter? –

An diesem Abend ging er früh auf seine Kammer zurück.

Die Frau hatte nichts verraten. Nico empfand ihr Schweigen doppelt schwer. Es verpflichtete ihn, zu sprechen. Aber auch er schwieg. Es war ein Betrug, fast ein Verrat, den er da beging. Er gestand es sich selbst ein. Aber er schwieg. Warum? Aus Angst vor Folgen, die er nicht kannte, aber die er in jedem Fall als schrecklich sich ausmalte. Sie würden ihn kurzerhand hinaussetzen oder... Er wußte, daß er eine Gefahr leichtsinnig heraufbeschwor, daß man sie abwenden konnte, wenn er sie bekannte. Aber er schwieg, mit einem verbissenen Trotz. Es blieb ein Geheimnis, mit einer verwegenen Hoffnung, daß es Geheimnis bliebe.

Ab Dezember erschien die Putzfrau nicht mehr im Haus, sie blieb von selbst weg. Ihr Gesundheitszustand hatte sich wieder verschlechtert.

Wenn Nico an sie dachte, durchfuhr ihn der gleiche kalte Schreck wie damals, und er schloß die Augen. Später empfand er eine Art Sehnsucht nach dem Lächeln auf dem leidenden, verquollenen Gesicht mit den Zahnlücken, ein Verlangen, das seine Angst unmerklich milderte. Er konnte es sich nicht erklären: warum?

VI

Manchmal hatte er Momente, Stunden blinder Verzweiflung und dumpfer Hoffnungslosigkeit, wo er sie haßte, sie und die Vase, die unten im Vorderzimmer auf einem kleinen, mit einem Spitzendeckchen belegten Tische stand neben dem Büchergestell. Es war eine chinesische Vase. Eine Errungenschaft von Wim. Er hatte sie eines Tages von einer Versteigerung mit nach Hause gebracht, als Geschenk für Marie und sich selbst, wie er lachend hinzufügte.

Sie war ungefähr vierzig Zentimeter hoch, aus Porzellan, handbemalt mit leuchtenden blauen und roten Blumen und Figuren. Trotz ihrer Größe und der doppelt geschwungenen

Form wirkte sie anmutig und zierlich. Sie war ihr stiller Stolz. Sie brauchten sie niemandem erst zu zeigen. Jedem, der in das Zimmer trat, fiel sie sofort auf, auch Nico, als er sie zum ersten Male sah. Ohne Zurückhaltung bewunderte er sie. Wim stand daneben und lachte verschämt und verschmitzt.

»Doch, doch, das ist aber ein schöner Besitz...! Wie bist du dazu gekommen?« Wim erzählte die Geschichte... »dabei bin ich noch niemals vorher auf einer echten Versteigerung gewesen. Ungeheuer spannend! Ich sah sie vorher schon stehen. Dann bot ich einfach mit. Eigentlich konnte ich es mir nicht leisten. Es war wie ein Rausch.«

»Ja, ja, das begreife ich.«

»Man kann nicht immer vernünftig sein. Marie hat zuerst solche Augen gemacht. Aber sie hat nichts gesagt. Aber jetzt...! Wenn nicht solche Zeiten wären, würden wir uns noch mehr anschaffen. Wir haben auch ein paar Bücher über die Kunst des fernen Ostens. Da stehen sie...« und er wies in die zweite Reihe des Büchergestells.

»Aber warum? Wenn du etwas Geld hast, dann ist doch jetzt die beste Gelegenheit, um es wertbeständig anzulegen.«

Wim lachte. »Sicher, aber nicht Vasen. Wenn etwas geschieht, gehen die zuerst entzwei.«

»Darf ich sie einmal in die Hand nehmen«, hatte Nico gefragt.

»Sie ist gar nicht schwer, nur ein wenig glatt.«

Und Nico hatte sie vorsichtig in beide Hände genommen und, während er sie behutsam nach allen Seiten drehte, aufmerksam und liebevoll betrachtet. In der Tat, ein prachtvolles Exemplar, man konnte stolz darauf sein.

Dann hatte Wim sie ihm wieder abgenommen: »So, gib einmal her« – und sie eigenhändig auf den kleinen Tisch zurückgesetzt.

Aber in den Stunden, da er selbst tief niedergeschlagen war, hätte er auch die Vase zerschlagen können, wenn er sie hier auf seinem Zimmer gehabt hätte. Da er sie nicht erreichen konnte, verblieb ihm nur, sie zu hassen. Sie wurde ihm ein Symbol, er haßte dieses Symbol, er haßte die, die dieses Symbol besaßen.

Dann bevölkerte sich seine Kammer mit blutiggeschlagenen, verzerrten und entstellten Leidensgesichtern, in deren Zügen er gierig forschte, ob sie ihm nicht vielleicht bekannt waren. Er hörte Stöhnen, Wimmern, Winseln, Jammern, Gott anrufen, Gott verfluchen; sah Greise, Männer, Frauen, Kinder. – Endlos waren die Bilder dieser Stunden. Er lag angekleidet auf der Couch, in seiner Benommenheit dennoch wie auf der Lauer vor neuen Bildern, die ihm seine Eingebung heraufschwemmte und mit ihnen neuerliche Erregung und neue härtere Bilder.

Wenn er tief Atem holte, schmeckte er Gas. Gas! Seine Kammer stand voll Gas. Er schloß die Augen und wühlte seinen Kopf in die Kissen. Was begriffen die anderen davon? Und wenn sie es begriffen – was bedeutete es ihnen? In ihrer geschützten, sicheren Häuslichkeit! Geschützt? Sicher? Seit sie ihn aufgenommen hatten? Nein, nein, er war ungerecht. Aber ihr Haus, ihre Wohnung, ihre Sachen – ihre Welt, wie hatte ihn das alles im Beginn angezogen und besänftigt. Und jetzt: wie eitel, wie aufgeblasen, wie nichtswürdig! Denn er maß mit kosmischen Maßen, von denen er sich gerüttelt und geschüttelt fühlte. Welches Vertrauen zueinander bei welcher Gefahr. Und welche Kluft! Trost! Trost?... Gibt es so etwas wie Trost?

Wenn er am Fenster hinter der Gardine stand und hinaussah – ein aus unzähligen kleinen Vielecken zusammengesetztes Mosaik war das »Draußen« – wurde es manchmal besser. Aber oft fand er nicht einmal den Mut, um sich von dem Ruhebett, auf dem er ausgestreckt lag, zu erheben und die paar Schritte ans Fenster zu unternehmen. Er lag wie in Ketten und dachte nach. Erinnerungen stiegen auf, nicht nur die des eigenen, persönlichen Lebens, Geschichte wurde Gestalt, Vergangenes sprach die blutige Sprache eines Geschickes. Und Grauen, Grauen, so überwältigend, wie nur etwas sein kann, was aus dem Vergessen aufsteigt.

Als er hier ins Haus kam, hätte er sich mit einem Platz auf den Kohlen in der Scheuer begnügt und wäre zufrieden gewesen. Jetzt schlief er in einem Bett, aß an einem Tisch, wurde als Mensch behandelt.

Doch je länger es dauerte, desto mehr wuchsen seine Forderungen. Da er von der Außenwelt nichts fordern konnte –

was er erhielt, war freiwillig gewährt und fast ein Geschenk – schlugen seine Forderungen nach innen und wurden maßlos. Aber man half ihm doch, sie halfen ihm doch, war das etwa nichts? Ja, es bedeutete viel. Und es war nichts. Er wurde zu nichts. Es war unerträglich. Es bedeutete seine Vernichtung, seine menschliche Vernichtung, auch wenn er – vielleicht – das Leben rettete. Der kleine Stachel, der in jedem verborgen wächst, der von der Hilfe und dem Erbarmen anderer lebt, wurde riesengroß, wurde ein Speer, der tief im Fleische saß und schmerzte.

Wie stolz hatten sie ihm die Kammer gegeben, wie dankbar hatte er sie bezogen. Wie eingekerkert, wie verlassen, wie elend hatte er sich schon in ihr gefühlt. Die Einsamkeit der Einsamkeit. Er war nie ein Stubenhocker gewesen, jetzt mußte er es sein. Es kam ein Frühling, ein Sommer, ein Herbst... hinter der Gardine. Nicht immer war das weite Land, der Himmel, das Meer in der Ferne ein Trost, eine Labe fürs Auge. Zu oft, nur zu oft das Tor, das verschlossen blieb.

Mit seinen falschen Papieren konnte er sich bei Neumond in Herbst und Winter auf die Straße wagen. Er ging allein. Die Tage hatten sie gemeinsam im Kalender vorher genau ausgerechnet. »Also, Nico, von... bis... kannst du ruhig ein Stündchen spazierengehen. Nicht länger und nicht zu weit vom Haus. Auch nicht zu spät nach Hause kommen, der Nachbarn wegen.«

»Ja, danke, Wim.«

Sie freuten sich mit ihm. »Du kannst dir wenigstens Bewegung machen. Auf Sonne mußt du schon verzichten.«

Aber er begütigte beide und sagte, daß er das wenige schon als ein Glück empfinde.

Ein Glück! – und doch die dauernde Angst, daß plötzlich eine Taschenlampe in der Dunkelheit vor ihm aufleuchtete und eine strenge Stimme fragte, während ein Lichtkegel sein Gesicht blendete: »Aha – also ein... Wo wohnen Sie?« Er schweigt. »Na, sagen Sie es schon.« Er schweigt noch immer verbissen. »Sie werden es schon sagen. Kommen Sie einmal mit.« Und er weiß, was das bedeutet. Er wird alles bekennen, ja, er wird alles sagen... ich wohne bei... Nein, nein, das nicht, es wäre eine Feigheit, eine grenzenlose Gemeinheit, das verdienten sie nicht. Und wenn man ihn totschlagen würde, totmartern, er würde seinen Mund halten, trotz, ja, trotz aller Folter und... Marie, Wim, darauf könnt ihr euch verlassen, aus mir kriegen sie nichts heraus!

Als er am Abend sich vom gemeinsamen Tisch erhob, ging er ins Vorderzimmer und stand lange vor der Vase, einige Schritte von ihr entfernt. Endlich trat er auf sie zu und glättete nachdenklich ein Fältchen der Spitzendecke, auf dem sie stand.

VII

Noch immer stand Marie in der Küche und wusch, als Wim bei ihr erschien. Er machte sich mit auffallendem Eifer an dem Gasherd zu schaffen und auf der steinernen Platte des Küchentisches, auf dem Töpfe und Teller standen, die er auseinanderrückte, als suche er etwas. Er fand es nicht. Dabei schielte er verstohlen nach Marie hinüber, die gerade ein Oberhemd aus der Lauge zog, es betrachtete und dann wieder in das Wasser hineintauchte. Nein, sie hatte nicht mehr geweint, sie erschien ihm ruhiger. Ihr Gesicht war noch gerötet, aber das konnte ebensogut von der Anstrengung und vom Wasserdampf kommen.

»Was suchst du?« fragte sie, ohne aufzublicken, und schaffte weiter. Die Wäsche heutzutage, wenn man keine guten Waschmittel mehr hatte. Nein...!

»Ach, laß nur.«

»Streichhölzer?«

»Ja, ich dachte hier –«

»Im Kasten rechts«, sie wandte den Kopf, ohne im Reiben Einhalt zu tun – »nein – da, ja. Sind denn in der Stube keine?«

»Ich konnte sie da auch nicht finden«, sagte Wim. Er hatte sie auf dem Sims beim Ofen hinter der Fotografie seiner Mutter liegen sehen. Er nahm die Schachtel und verschwand wieder.

Sie hatte nicht gefragt, aber der Doktor mußte jeden Augenblick kommen. Wim wurde ungeduldig.

Es war Nicos Oberhemd gewesen, das sie da in die Seifenlauge gesteckt hatte. Sie hatte nicht erst gewartet, bis Coba kam, und hatte von selbst begonnen, was sie an Wäsche von ihm fand, zu waschen.

Er hatte nur seine Leibwäsche mitgebracht, Laken und Handtücher hatte Marie gegeben. Sie stopfte auch seine Strümpfe und besserte seine Anzüge aus. Es ging soviel entzwei, und er besaß nicht viel. Die große Wäsche und Wims Leibwäsche gab sie zum großen Teile aus dem Haus.

Während seiner Krankheit hatte er besonders viel gebraucht, dreimal mußte sie die Laken wechseln, auch Taschentücher und Pyjamas. Zuerst war es nur eine einfache Erkältung gewesen, verstopfte Nase, Kratzen in der Kehle und ab und zu ein bellender Husten. Wie so etwas öfter einmal beim Wechsel der Jahreszeiten vorkommt. Nico hatte zuerst noch ein paar kleine Witze darüber gerissen. »Meine rechte Mandel«, und er hatte, die Hand am Hals, augenscheinlich geschluckt. »Die rechte, weißt du, wenn man sich so die Zeit nimmt, dann kann man so schön bei sich selbst beobachten, wie es langsam fortschreitet. Morgen ist es auch die linke« – wiederum die Hand am Hals, krampfhaftes Schlucken – »ich fühle es heute schon.«

Auch Marie hatte gelacht, obwohl sie fühlte, daß er niedergeschlagen war.

Sie behandelten es selbst mit Aspirin, heißen Getränken. Abends bekam er einen Strumpf um den Hals. Wim war nach Haus gekommen und hatte erzählt, wie viele Menschen von seiner Fabrik im Augenblick mit den gleichen Erscheinungen zu Hause lagen. Es ist immerhin ein Trost zu wissen, wenn etwas Unangenehmes Allgemeingut ist.

Eines Abends trat plötzlich Fieber auf. Wieder Aspirin, in größeren Dosen. Als am nächsten Morgen die Temperatur bis über 39 gestiegen war, entschlossen sie sich, ihren Arzt zu holen. Dr. Nelis, ein noch jüngerer und energischer Doktor, unverheiratet, verstand sogleich, um was für einen Fall es sich handelte, noch bevor Wim ihn tiefer ins Vertrauen gezogen hatte. Er hatte im Augenblick mehrere Fälle solcher Art in seiner Praxis.

»Herr Doktor, und dann noch eins ...«

»Die Nachbarn? Ich begreife.«

»Denn meine Frau ... und ich ... sie sehen natürlich, daß wir gesund sind und herumlaufen ...«

»Was heißt das«, erwiderte der Doktor, »es gibt auch unsichtbare Krankheiten, bei denen man herumlaufen kann.«

»Aber sie wissen, daß wir nie krank gewesen sind. Und wenn Sie jetzt öfter kommen ... so auf einmal ...« Er sah auf den Boden.

Schweigen. Dr. Nelis faltete die Hände und dachte einen Augenblick angestrengt nach.

Plötzlich blickte er auf und sagte: »Besitzen Sie ein Grammophon?«

»Ein Grammophon?« Wim war über alle Maßen verwundert. Was hatte ein Grammophon mit der Angelegenheit zu schaffen? »Nein!«

»Schade.«

Wieder Schweigen.

»Vielleicht könnte ich mir eins leihen«, entgegnete Wim, ohne zu wissen, warum er sich ausgerechnet ein Grammophon leihen sollte. Sie waren beide nicht so musikalisch, Marie und er.

»Ja? Ach, das ist wiederum nicht so nötig«, sagte der Doktor. Aber Wim merkte, daß das Grammophon es ihm doch angetan hatte.

Endlich faßte er Mut und fragte: »Warum, Doktor – warum ein Grammophon?«

Dr. Nelis lächelte ein wenig und sah Wim unverwandt an.

»Ach«, – langsam und etwas gedehnt kamen die Worte aus seinem Munde, als triebe er ein klein wenig Spott mit sich selbst – »ach, ich bin etwas verrückt auf Grammophonplatten, ich habe selbst schon eine hübsche Sammlung. Das ist mein Hobby. Man weiß es von mir in der Stadt, von jedem weiß man ja so etwas, der ein bißchen exponiert ist. Ich könnte sagen, ich käme zu Ihnen, um eine Grammophonplatte zu hören. Eine ganz bestimmte, hinter der ich schon die ganze Zeit her bin und die Sie zufällig besitzen, zum Beispiel »Invitation au Voyage«, nach dem Text von Baudelaire, Musik von ... Duparc oder Poulenc ... wer ist es nun?«

»Ich weiß nicht«, erwiderte Wim, »ich kenne sie nicht.«

»Schade«, sagte der Doktor, »eine himmlische Platte – eine Gesangplatte ... Luxe, calme, volupté.« Er summte leise die Melodie. »Ich wollte, ich besäße sie.« Er starrte entrückt nach der Decke. »Enfin, ich komme, um Ihrer Frau ein paar Kalkinjektionen zu verabreichen, gegen Müdigkeit und allgemeine Unlust. Das ist im Augenblick sehr normal. Auf Wiedersehn.«

Unterdessen hatte Marie Nico vorbereitet, daß Wim den Arzt holte.

»Ist es nicht zu riskant – für euch...« hatte er mit matter Stimme gefragt.

»Keine Sorge, Nico, Dr. Nelis ist gut, in jeder Hinsicht. Und du bist krank.«

»Ja, ich fühle mich auch krank«, erwiderte er leise, legte sich tiefer in die Kissen zurück und schloß die Augen. Er hatte es immer gewußt, man würde ihn hier nicht im Stich lassen...

»Wenn das nur keine doppelseitige Lungenentzündung wird«, sagte Dr. Nelis zu Marie und Wim unten im Hinterzimmer, nachdem er den Patienten gründlich untersucht hatte. »Er ist nicht stark.«

Marie erblaßte. »Ich tue mit dem Essen, was ich kann...«

»Es ist einfach nicht zu schaffen«, erwiderte der Doktor. »Auch sein innerer Widerstand ist nicht zu groß... scheint mir wenigstens. Auch kein Wunder!« fügte er hinzu. »Ich habe ihm eine Spritze gegeben. Heute abend komme ich noch einmal.«

Nach einer Woche war der Zustand noch unverändert, trotz der neuen Präparate, von denen damals jedermann sprach.

Eine Unruhe erfaßte Marie, die sie bisher noch nicht bei sich gekannt hatte. Sie litt. Es war nicht so sehr der Gedanke, daß er die Krankheit nicht gut überstehen könnte, als daß er nicht genügend Widerstandskräfte hatte. Was konnte sie tun?

Als er noch gesund war und auf seiner Kammer saß, hatte sie in der letzten Zeit nie vergessen, wenn sie eintrat, ein frohes und zuversichtliches Gesicht zu zeigen. Irgendwo hatte sie in einer Haushaltzeitung, die auch jetzt noch in unregelmäßigen Abständen erschien, gelesen, daß man positiv sein müsse. Positiv! Das wäre das beste Mittel, um schwierige Zustände zu überwinden. Ohne daß sie es sich direkt vorgenommen hatte, war dieser Gedanke tief in ihr verankert geblieben und offenbarte sich zuerst in der Haltung Nico gegenüber. Positiv! Doch seit er krank lag, wollte es ihr nicht mehr gelingen. Vorsichtig, zaghaft schlich sie in sein Zimmer, betrachtete das fiebrige, schweißige Antlitz mit den geschlossenen Augen und dem halboffenen Mund, der nach Luft rang. In seiner Krankheit und Hilflosigkeit kam sein Wesen – so fühlte sie es zumindest – so deutlich zum Ausdruck, wie sie es früher nie so tief geahnt hatte. Krank und hilflos, war dies nicht in Wahrheit seine Lage? Seine Haltung zuvor konnte man bewundern: er spielte Schach – mit sich selbst –, trieb Französisch, Englisch, las Bücher. Alles, alles war nur eine Art Medikament, das ein Gebrechen heilen mußte. Und Wim und sie hatten seine Haltung oft hoch angeschlagen. Zuweilen hatte sie für sie fast etwas Unheimliches gehabt. Sie stand wie eine Mauer zwischen ihnen dreien, die langsam, langsam abbröckelte in dem Maße, als der Krieg länger dauerte und alles Ungewohnte und Unmenschliche so gewöhnlich und alltäglich wurde.

»Ich muß doch noch einmal nach ihm schauen«, sagte sie eines Abends, als Wim und sie in ihr Schlafzimmer gingen.

»Er wird schon schlafen – du machst ihn wach...«

»Ich bin ganz leise«, beharrte sie.

Noch bevor sie seine Zimmertür ganz geschlossen hatte, hörte sie eine atemlose, verschleimte Stimme: »Marie...«

Sie drehte das Licht an, außerhalb dessen trübem Lichtkegel das Bett stand. Sein Bart war gewachsen und bedeckte Kinn und Wangen, so daß er älter und abgezehrter aussah. Sie stand an seinem Bett.

»Soll ich dir noch einmal die Kissen aufschütteln?«

»Ach ja.«

Sie half ihm, sich aufzurichten. Er stützte sich mit großer Anspannung auf die Matratze, während sie geschwind die heiß-zerwühlten Kissen mit beiden Händen aufklopfte. Dann half sie ihm, als er sich zurückfallen ließ. Es tat ihm sichtlich gut. Sein Haar bildete ein wirres Gestrüpp auf seinem Kopf, als wenn es nach einem Regenguß mächtig ins Kraut geschossen wäre. Feucht und klebrig hing es über die Stirn und in die Schläfe. Das Halbdunkel des Zimmers gab seinem Gesicht eine fahle Färbung. Zwei fiebrige Augen standen groß aufgerissen als fingen sie in sich alle Schatten der Kammer.

»Marie...«

»Ja?« Sie sprach sehr leise, als fürchtete sie, mit jedem lauten Geräusch den Zustand noch zu verschlimmern. Aber er sagte weiter nichts, schloß die Augen und lag da, als wäre er im gleichen Augenblick in Schlaf gefallen. Nur seine Arme, die ausgestreckt auf der Bettdecke dicht neben seinem Körper lagen, zuckten von Zeit zu Zeit. Dann hob er sie sacht in die Höhe und ließ sie wieder fallen, wie Flügel, die er entfalten wollte, doch müde und kraftlos wieder einrollte. Es war, als wenn er fast nicht mehr atmete, nur die Decke über seinem Leib bewegte sich fast unmerklich auf und nieder.

Marie beugte sich über das stopplige Gesicht, um ihm auch das leiseste Geräusch von den Lippen zu lesen, wenn er Anstalten machen sollte zu sprechen. So wartete sie längere Zeit. Sie sah die Schweißtropfen auf seiner Stirn und die kleinen Rinnsale, die das Gesicht und den Hals langsam hinunter tropften und in den Höhlen über dem Schlüsselbein verebbten. Die Jacke seines Pyjamas stand halboffen, und von der feucht-glänzenden Haut unter den Haaren auf der Brust stieg ihr ein warmer, kräftig riechender Dampf entgegen. Als sie unter der Achselhöhle fühlte, bemerkte sie, daß der Stoff dort von Schweiß getränkt war, ebenso die Stellen an den Seiten und die Armbeugen.

Sie nahm ein Handtuch und wischte zuerst das Gesicht und den Kopf ab, dann, nachdem sie noch einen Knopf der Bettjacke geöffnet hatte, die Brust und sorgfältig die Achselhöhlen. Sie spürte, wie sein Körper glühte. Aus ihrem Schlafzimmer holte sie eine Flasche mit Eau de Cologne, die sie für besondere Fälle aufgehoben hatte, spritzte einige Tropfen ihm auf die Stirn und blies leicht ihren Atem darüber, so daß das Parfum verstäubte und seine Kühle die heiße Haut angenehm erfrischte. Es tat ihm wohl. Sie sah, wie sich sein Gesicht wieder belebte.

»Ich werde dir noch einen frischen Pyjama geben, ja?« sagte sie, dicht über ihm gebeugt.

Ein kraftloses Nicken war die Antwort. Als sie zu dem Versteck ging, in dem seine Wäsche lag, hörte sie, wie er auf einmal mit Anstrengung sagte: »Ich habe keinen mehr...«

Er besaß nicht viel, und das wenige hatte er in den Tagen der Krankheit verbraucht. Sie ging hinaus auf den Gang, wo der Wäschesack noch unausgepackt stand, der tags zuvor mit den sauberen Stücken aus der Wäscherei gekommen war, und zog von unten einen Pyjama von Wim hervor. Sie rief Wim, daß er ihr helfe, und zusammen zogen sie ihn Nico an. Obwohl dieser ihnen, da er schon sehr geschwächt war, nicht viel mithelfen konnte und sie selbst über keine Erfahrung mit Kranken verfügten, ging alles ziemlich schnell von statten.

»Danke, es war so heiß«, sagte er matt, als er wieder bewegungslos auf dem Rücken lag. Wim stand schon an der Tür.

»So, jetzt kannst du besser schlafen, gute Nacht«, sagte Marie und verließ auf Zehenspitzen das Zimmer.

Draußen auf dem Gang verharrten beide noch einen Augenblick und lauschten, als stünden sie vor einem Zimmer, in dem ein Kind schlief. Ihre Blicke trafen sich.

»Komm, Marie!« Er öffnete die Tür zu ihrem Zimmer.

Langsam folgte sie ihm, immer noch auf Zehenspitzen.

VIII

Im Vestibül stand der Doktor in Hut und Mantel. Es war ein viertel nach zehn. Er rieb sich die Hände. »Ich bin auf meinem Fahrrad gekommen«, sagte er. Sonst gebrauchte er sein Motorrad, seit er sein Auto wegen Mangel an Benzin hatte einstellen müssen. Draußen war es stockdunkel. »Gehen wir gleich«, fragte er und spähte die Treppe hinauf.

Marie hatte die Schürze abgelegt, ihre Hände waren gedunsen und gerötet, ihr Gesicht glühte. Trotzdem war sie gefaßt. »Kann ich etwas helfen«, sagte sie, »oder...«

»Kommen Sie«, sagte Wim und ließ dem anderen den Vortritt. Und zu Marie gewandt: »Warte lieber hier unten, vielleicht in der Kammer...«

»Vergiß den Mantel nicht«, entgegnete sie.

Wim blieb auf der Treppe stehen. »Richtig«, sagte er, und sprang in zwei Sätzen wieder hinab. Den Hut zog er sich fest ins Gesicht.

»Welche Tür?« fragte der Doktor, als Wim hinter ihm die Treppe hinaufgelaufen kam. Er war ein wenig außer Atem, denn er trug seinen schweren Wintermantel.

Sie traten in das Zimmer, in Hut und Mantel glichen sie zwei Herren von irgendeiner Kommission, die gekommen waren, um eine Untersuchung anzustellen bei einem Sterbefall, bei dem es nicht mit rechten Dingen zugegangen war. Entschlossen gingen sie auf das Bett zu, blieben an seiner Längsseite zunächst einmal stehen und betrachteten sich, die Hände tief in den Manteltaschen begraben, ruhig den Fall. Dann schob der Doktor seine linke Hand unter den Nacken des Toten, griff mit seiner anderen nach dem steifen, linken Arm und zog daran. Der Leichnam glitt aus der ebenmäßigen Lage, in der er bisher gelegen hatte, und kam ein wenig quer und schief auf der rechten Gesichts- und Körperhälfte zu liegen. Der Doktor betrachtete schweigend den hervortretenden Adamsapfel des Toten. Wim stand zunächst unschlüssig daneben.

»Wenn wir ihn zunächst einmal aufsetzen«, sagte er...

»Das geht nicht«, erwiderte der andere und blies Luft unter seine Wangen, so daß sie sich leicht rundeten, »bei der Totenstarre.« Er hatte sie eben geprüft. Schweigen. Wim hielt die Hände auf dem Rücken gefaltet, er hatte das eigenartige Gefühl, als wäre er nicht in seiner eigenen Wohnung, sondern in einem fremden Hause auf Totenvisite.

»Das ist doch nicht so einfach«, begann der Doktor aufs neue.

Wim schlug die Decken zurück und maß die Länge des Körpers. »Es scheint mir, Doktor – so – wenn wir ihn über die Schulter legen, so wie eine Planke, vielleicht kann ich es auch allein...«

»Unmöglich! So ein Toter, was denken Sie!«

»Oder ich allein auf meinem Rücken, Huckepack, und Sie stemmen von hinten dagegen, so daß er nicht rückwärts fallen kann«, – er bog dabei den Oberkörper leicht nach vorne und zog die Arme wie zu zwei Steigbügeln gekrümmt in Flankenhöhe – »so.«

Der Doktor zögerte, ehe seine Antwort kam: »Die Gelenke sind noch zu starr.«

Wim schwieg.

»Haben Sie eigentlich schon einmal einen Toten gesehen?« fragte der Doktor plötzlich und drehte dem Toten den Rücken zu. Wim erschrak.

»Natürlich«, sagte er hastig, »meinen Vater damals, ich war noch sehr jung.«

»So, so.« Und dann fuhr er fort, indem er die Decke anstarrte: »Ich bin immer wieder überrascht, wie wenige erwachsene Menschen eigentlich wirklich einen Toten gesehen haben. Das heißt in normalen Zeiten. Manche erst in den dreißiger Jahren. Seltsam. Mit der Liebe hat jedermann viel früher und viel öfter zu schaffen, natürlich. Man müßte jede Woche zumindest einen Toten sehen. Dann gäbe es auch ein besseres Gleichgewicht, und viel Angst würde verschwinden.« Er holte seinen Blick von der Decke zurück und heftete ihn auf Wim. »Erinnern Sie sich denn noch?«

»Sicher«, erwiderte Wim und dachte angestrengt nach.

Er war ein Junge von sieben Jahren, als ihn eines Tages – er trug einen Anzug von schwarzem Samt mit einem crème Spitzenkragen – seine Mutter in das Musikzimmer gerufen hatte, in dem der offene Sarg stand. Sie selbst stand mit verweinten Augen, in einer Haltung, die er nie vergessen würde, groß und aufrecht mit ihrer schlanken Figur, als wachse sie von Minute zu Minute, an den Flügel gelehnt und sagte mit einer leisen melodiösen Stimme – sie sang nämlich – und in einem Ton, den er bisher noch nie bei ihr vernommen und auch später nie wieder gehört hatte: »Wim, da ist Vater. Er ist tot. Nimm Abschied von ihm, mein Junge.« Und Wim war an den offenen Sarg getreten, über dem ein großes Glas der Länge nach lag, und hatte Vater betrachtet. Was hatte er unter seinem Kinn? Ein großer, breiter Holzklotz stand auf der Brust und stützte Vaters Kinn. Sein Gesicht blickte ernst und war fast ohne Falten. Er sah anders aus, besser als die Zeit zuvor, da er krank im Bett lag. Er trug einen Frackanzug und im Knopfloch eine große, weiße Nelke aus ihrem Garten. Wim betrachtete die Nelke und merkte, daß man durch Glas keine Blumen riechen konnte. Nur an dieser Blume, die hinter dem Glas blühte, doch keinen Duft mehr verbreitete, erkannte das staunende Kind das Zeichen des Todes. Auch der Vater lag hinter der Glasplatte, man konnte ihn sehen, doch nicht erreichen. An dem

Kopfende standen zwei dicke brennende Kerzen, und am Fußende lag ein großer Kranz mit einer blauen Schleife, auf der in goldenen Buchstaben geschrieben stand: »Ihrem lieben Pappi – die Kinder.«

»Er ist noch zu klein«, flüsterte die Tante der Mutter zu, als sie den Jungen da stehen sah.

»Gottlob«, flüsterte der Onkel, Vaters Bruder, zurück, der seit einer Woche im Hause lebte und alle Geschäfte abwickelte. Im folgenden Jahre heiratete er die Mutter und zog mit ihr nach Indien. Die Kinder kamen auf ein Internat.

Als die Tante Wim still aus dem Zimmer führte, kam Coba durch die andere Tür hinein. Sie war sehr bleich und schluchzte ununterbrochen. Obwohl sie die ältere war, verlangte es die Familienordnung, daß der Sohn zuerst Abschied von seinem Vater nahm...

»Zu zweit werden wir es schon schaffen«, unterbrach der Doktor das Schweigen.

»Ja«, erwiderte Wim mit Überzeugung, als habe er in demselben Augenblick den gleichen Gedanken gedacht. Wie gelb schon Nicos Zehen aussahen, wie Wachs. Ob sie sich auch kalt anfühlten?

»Packen Sie ihn einmal an den Füßen«, sagte der Doktor, er griff unter die Achselhöhlen und hob den Oberkörper vom Laken. Sie legten ihn auf den Boden. Dann stellten sie sich von neuem auf, die Gesichter hatten sie einander zugekehrt, Wim an den Füßen und der Doktor am Kopfende, und trugen den Leichnam unter den Achsenhöhlen und an den Füßen, wie man es auf einer alten »Grablegung« sieht, langsam und vorsichtig – denn Wim ging rückwärts – die Kammer hinaus und die Treppe hinunter.

Im Treppenhaus brannte das Licht. Wenn sie die Haustür öffneten, konnten sie von außen gesehen werden.

»Legen wir ihn noch einmal hin«, sagte der Doktor. Anscheinend war er mit dieser Weise des Transportierens nicht einverstanden.

»Hier in den Gang?« fragte Wim zurück und legte die Beine auf die Matte. Etwas widerstrebte in ihm, den Toten hier in den Gang niederzulegen, wo jedermann tagsüber herumlief.

Der Doktor richtete sich auf, da er die ganze Zeit gebückt

gelaufen war. »Ein Tuch, wir müssen ein Tuch haben, um ihn einzuwickeln«, sagte er. »Der Pyjama ist zu hell draußen.«

»Marie, ein Tuch, oder eine Decke«, sagte Wim, als er die Tür zum Zimmer geöffnet hatte, in dem Marie beschäftigungslos saß und wartete. »Wir müssen ihn in etwas Dunkles einpacken.«

»Eine Decke?« Sie hatte sich schnell erhoben und war eilends aus dem Zimmer gelaufen. Die ganze Zeit hatte sie auf die Uhr gestarrt, es war über halb elf und keine Zeit zu verlieren, wollte Wim pünktlich wieder zu Hause sein. Er wollte ihr noch nachrufen, daß er selbst, wenn sie ihm nur sagte wo, eine Decke holen würde... So schnell verließ sie das Zimmer.

Sie war nicht darauf vorbereitet, ihn noch einmal hier draußen im Gang und in einer solchen Gebärde auf der Matte anzutreffen. Wohl hatte sie gehört, wie die Männer langsam, Schritt für Schritt, mit einer Last die Treppe hinunterkamen. Doch dieser Anblick kam für sie überraschend. Dort, wo über Tag die Milchflaschen und der Brotkorb und andere alltägliche Dinge standen, wo die Briefe durch den Schlitz hinfielen, wo man ein und aus ging und er selbst einst hineingekommen war – da lag er nun tot. Der Doktor stand an der Treppe zur ersten Etage, den rechten Ellenbogen auf das Geländer gestützt und den Kopf in der gespreizten Handfläche. Vor ihm, auf dem Boden zwischen Treppe und Zimmertür, der Tote.

Als sie in voller Fahrt die Zimmertür schloß, hatte sie keine andere Wahl mehr, dafür war sie in zu heftiger Bewegung, ihre Füße trippelten und wehrten sich, als stünden sie plötzlich vor einem Abgrund. Dann sprang sie mit einem leichten Satz über Nico, ein kleiner, unmerklicher Sprung, knapp bemessen, ohne den Leichnam zu berühren. Ihre Augen, in denen sich Entsetzen, Scham, Trauer, wiederspiegelten, waren auf den Doktor gerichtet, der ohne seine gekrümmte Haltung zu verändern diesem Schauspiel – zuerst das Zögern und dann der hoffnungslose Entschluß – zuschaute. Er nickte ihr zu. »Und ein paar Sicherheitsnadeln«, flüsterte er, »bitte« –

»Ja«, hauchte Marie und schlich seitlich die Treppe hinauf.

Zu dritt wickelten sie den Leichnam dann in eine Decke, die zuvor auf seinem Bett gelegen hatte, und steckten das Bündel mit Nadeln zu, als wollten sie ihm ein Seemannsgrab bereiten. Als sie fertig waren, zeigte die Uhr im Gang zehn Minuten vor elf. In zehn Minuten konnten sie alles hinter sich haben.

Marie drehte das Licht im Gang aus und öffnete die Haustür.

Die mondlose Nacht war kalt. Marie fröstelte es. Gut, daß er in eine warme Decke eingehüllt ist, dachte sie und konnte diesen kuriosen Einfall nicht loswerden, obwohl sie sich im gleichen Augenblick sagte, daß, ob kalt ob warm, er gegen all dies gefühllos geworden war. Nico, Nico...

Die Männer in ihren Mänteln starrten in das gestaltlose, kühle Dunkel und lauschten angestrengt. Etwas weiter in der Straße schlug eine Haustür zu. Ein Pfiff. Ein Hund kam mit gedämpften, fliegenden Sprüngen über den Kies durch die Finsternis geschossen. Stille.

»Los«, kommandierte Wim leise und packte mit beiden Händen die Beine wie ein Bündel vom Boden und hob sie an seine rechte Hüfte, so daß er, wenn auch leicht auf die Seite nach rechts gedreht, dieses Mal doch vorwärts gehen konnte. Zugleich riß der Doktor mit einem Schwung den verhüllten Körper von der Matte und ließ ihn gegen seine rechte Schulter lehnen, während er ihn mit beiden Armen fest umspannte.

Die ersten Schritte über den Gartenweg bis an das Tor und über den Fußsteig ging es hastig und holpernd, wobei der Tote nach allen Seiten schaukelte. Sie hatten Mühe, daß er ihnen nicht entglitt. Auf dem Damm hatten sie wie von selbst ihren Rhythmus gefunden, in dem auch der Leichnam sich auf und ab mitbewegte und ihnen das Tragen erleichterte. Behutsam schlichen sie durch die Dunkelheit und traten leise auf, um nicht gehört zu werden. Nur wenige Meter auf dem anderen Fußweg, und sie mußten in den Eingang zum Park einbiegen. Wim, der voran ging, fühlte mehr, als daß er es sah, wo der Drahtzaun, Park und Fußsteig von einander scheidend, durch eine Einbuchtung unterbrochen wurde. Der Doktor, der die größere Last trug, folgte willig.

Hier auf dem Zugangsweg zum Park, beschützt von Sträuchern, die nur mit ihren Spitzen ein schwaches, schwarzes Relief in die Dunkelheit warfen, fühlten sie sich sicherer. Der Boden war durch den Regen der letzten Tage locker genug, daß er ihre Schritte dämpfte, aber auch wieder nicht so aufgeweicht, daß sie darin stecken blieben. Nach fünfzig Metern überquerten sie eine hochgewölbte, schmale Holzbrücke, unter der ein Wassergraben durch die Anlagen lief und, umgeben von Pappeln und Linden, in einen Tümpel mündete, hart an der Grenze zu den Weidelanden. Die Planken knarrten, und sie eilten sich, um auf den Weg zu kommen. Auf der anderen Seite, fünf Meter entfernt, stand eine knorrige, formlose Masse schwarz in der Dunkelheit. Eine Bank, zwei Holzplanken platt und horizontal mit einem Zwischenraum der Länge nach, die Sitzfläche, und eine Planke schräg-hoch und horizontal, als Rückenstütze, Füße und Verbindungsstücke aus Gußeisen.

Nachdem sie auf der Bank den Leichnam aus der Decke gewickelt hatten, hoben sie ihn über die Lehne nach hinten an den Wiesenrand und schoben ihn dann behutsam zwischen die gußeisernen Füße. Er paßte bequem hinein. Dann liefen sie schweigend den gleichen Weg zurück, ein müdes, taubes Gefühl in den Armen. Es schlug elf Uhr. Drei Minuten später stieg der Doktor vor dem Haus auf sein Fahrrad. Da Wim nicht wußte, ob er sich bedanken sollte oder nicht, flüsterte er nur »Guten Abend«.

»Gute Nacht«, murmelte Dr. Nelis und verschwand in der Dunkelheit. Wim trat ins Haus.

Nachdem er Hut und Mantel abgelegt hatte, stand er, was er sonst nie gewohnt war zu tun, einen Augenblick vor dem kleinen ovalen Spiegel im Gang, rückte den Schlips zurecht, wischte mit dem Taschentuch zwischen Hals und Kragen und über die Stirn, kämmte die Haare und tat noch viele Dinge, die einem nur vor dem Spiegel einfallen. Er war verwundert und faßte es nur schwer, das er so aussah, wie sein Spiegelbild es anzeigte.

Marie kam hastig die Treppe hinunter. Sie sah bleich aus, mit einem rührenden Zug um Mund und Augen. Kein Zweifel, sie hatte oben in seinem Zimmer geweint.

»So«, sagte Wim, und sah sie fest, ein wenig mitleidig an.

Sie fragte nichts. Er preßte die Lippen aufeinander und nickte ein paarmal: das hätten wir also geschafft...

Sie gingen ins hintere Zimmer, Wim fiel in den Sessel neben den Ofen, die Beine übereinandergeschlagen, die Hände umspannten die Seitenpolster, als wolle er sogleich wieder aufspringen.

Marie setzte sich an den Tisch.

Schweigen. Sie wartete wie jemand, der selbst etwas verschweigt. Sollte sie beginnen?

»Der Ofen ist aus«, sagte Wim und strich mit seiner Hand über die eiserne Platte.

Ob sie es ihm lieber doch jetzt erzählte? Im Grunde war es nichts besonderes... Es war so kalt hier.

»Ich werde uns Kaffee aufbrühen«, sagte Marie und erhob sich hastig.

Uns? Ihnen beiden, Wim und sich selbst. Und dazu ein trockener Schiffszwieback, so wie immer.

Als sie den Kaffee tranken, reckte Wim auf einmal seinen Hals und fragte: »Regnet es?«

Sie lauschten beide.

»Nein – gottlob nicht.« Pause.

Zu dritt hatten sie, fast ein Jahr hindurch, einen jeden Tag auf diese Weise zusammen beschlossen, bei einer Tasse Kaffee und einem trockenem Schiffszwieback, oft schweigend, ein jeder seinen Gedanken hingegeben, aber doch zusammen wartend, wartend... Ein wenig Dankbarkeit lag darin, ein wenig Müdigkeit der Nacht, in die man einging, allein oder zu zweit, und ein verstohlenes, trauriges Glück in einer lächelnden, unbegriffenen Nichtigkeit.

»... er paßte bequem hinein«, dachte Wim zu Ende.

»Hast du die Decke mitgebracht?« fragte Marie zaghaft.

»Draußen im Gang.«

Es wurde kälter im Zimmer. Und so leer...

Warum sprach Wim nicht. Hatte er vielleicht doch etwas gemerkt? Sollte sie beginnen und erzählen – Ach, es war zu unbedeutend. Aber sie hatte es getroffen, wie ein Letztes, wie eine Offenbarung, ein letztes unbelauschtes Gespräch. Morgen, vielleicht, würde sie es erzählen können.

»Gehen wir schlafen, Marie«, sagte Wim und begann seinen abendlichen Rundgang durchs Haus. Dies gehört zu den

Pflichten eines ordentlichen Hausvaters vor dem Schlafengehen: Die Vordertür, die Scheuertür, die Hintertür schließen, nach dem Gashahn in der Küche schauen, Holz hacken im Keller für den folgenden Morgen. In den letzten Monaten war er auch noch auf den Boden gestiegen um nachzusehen, ob dort auch die Fenster geschlossen waren. Man konnte nie wissen... Auch heute stieg er wieder hinauf. Eigentlich überflüssig, sagte er zu sich selbst.

Aber er tat es dennoch. Denn so schnell verlernt man eine alte, einjährige Gewohnheit nicht.

IX

»Wenn es nur nicht regnet!« Marie wälzte sich – wie viele Male schon – auf die rechte Seite, zog die Knie an und lauschte in die Nacht hinaus... Wenn es nur nicht regnet, das wenigstens sollte ihm erspart bleiben.

Sie konnte nicht warm werden. Neben ihr lag Wim in seinem Bett, die Decken über den Kopf gezogen, und schlief. Von draußen kam kein Geräusch. Nur neben ihr das warmgedämpfte Anschlagen seines Atems gegen die Decken, langsam und schwer, als müßte er gegen einen Widerstand anschlafen.

Die ersten Nächte, als Nico im Hause war, hatte sie auch keinen Schlaf finden können, mehr aus Furcht und Verwunderung, ob es gutgehen würde, und daß man ihn bisher noch nicht entdeckt hatte. Alles im Haus erschien ihr damals am Anfang so verändert, jedes geringste Geräusch hatte auf einmal eine andere und besondere Bedeutung erhalten durch das Geheimnis, das sie unter ihrem Dache verbargen.

Ein Geheimnis! Es war nicht nur, daß sie ihn versteckt hatten – er selbst stellte dies Geheimnis dar, seine Person, sein Leben. Wie ein Niemandsland lag es um ihn, fremd und undurchdringbar. Der Abstand war nicht zu überbrücken. Wie von einem anderen Ufer eines Stromes, während dazwischen der Dampf über dem Wasser hängt und die klare Sicht verdeckt, erschien ihr schon bei Lebzeiten alles, was sie von ihm hörte und sah, seine Stimme, seine Bewegungen, sie verschmolzen fast mit den unpersönlichen, farblosen Nebelschwaden. Jetzt war er tot und aus dem Hause geschafft – aber ein Geheimnis war zurückgeblieben, als Letztes. Zuerst kam es ihr vor, da sie, Tränen in den Augen und allein in seinem Zimmer, es entdeckt hatte, als wäre der Nebel plötzlich aufgestiegen und käme das andere Ufer ganz dicht und immer näher, so daß sie alles auf ihm, den Abhang, die Sträucher und die Erdgruben, genau erkennen konnte. Doch als sie länger hinsah, stieg es wieder wie Dampf aus dem Wasser, alles verhüllend. Marie erschrak, als sie erfuhr, daß ein Geheimnis, das man zufällig errät, ein anderes, noch größeres dahinter verbirgt, das unaufdeckbar bleibt. Und daß jedes Wissen, jede Erklärung nur wie ein Schnee ist, der süß geschlagen in den Teig kommt, um ihn aufzulockern und feiner im Geschmack zu lassen...

Sie brannte darauf, es Wim zu erzählen, jetzt, am liebsten jetzt, es war ihr wieder so nahe. Wenn er aufwachte, würde sie beginnen. Sollte sie ihn aufwecken?

Marie richtete sich auf, bohrte den Ellenbogen in das weiche Kissen und stützte ihr Gesicht mit der Hand. Neben ihr das verhüllte, gedämpfte Schlagen eines warmen Körpers. Wie kalt es war! Sie zog die Decken über Schultern und Rücken. Wieder sah sie das Bild vor sich.

Nachdem sie die Haustür hinter den Männern vorsichtig geschlossen hatte, war sie schnell hinauf in sein Zimmer gelaufen. Sie hörte noch, wie sich Schritte hastig und stolpernd über den Kies entfernten. Dann war es still geworden. Sie sah sich im Zimmer um und begann, Ordnung zu schaffen. Nicht so sehr aus Furcht, daß man, wenn man ihn gefunden hatte, dahinterkommen könne, wo er sich versteckt hatte, und um nun alle Spuren zu verwischen, als aus dem heimlichen Wunsch, ihm noch einmal nahe zu sein. Die Männer trugen den Leichnam, sie trug seine Sachen zusammen, mit denen er gelebt hatte.

Sie hatte immer darauf geachtet, daß seine Kammer sich in einem solchen Zustand befand, daß sie, wenn es nötig war, mit nur wenigen Handgriffen unbewohnt erschien. Seine Anzüge, sein Mantel befanden sich in Wims Schrank, Wäsche, Schreibzeug, Papiere und seine Toilettengegenstände blieben in dem Versteck verborgen.

Einmal an einem Sonntag klingelte es, und ein älterer, fremder Herr verlangte Wim zu sprechen. Marie ließ ihn in das Vestibül und fragte so beiläufig, in welcher Angelegenheit.

»Sind Sie die Frau des Hauses?« fragte der Fremde zurück und sah Marie mit einem eigenartigen, wie es ihr erschien, etwas spitzen Lächeln an. Es beunruhigte sie. Als sie bejahte, zögerte er einen Augenblick, bevor er sagte: »Ach, das möchte ich mit Ihrem Mann lieber unter vier Augen besprechen.« Unter vier Augen! Marie erschrak ungemein. Das versprach nichts Gutes.

Sie rief Wim und lief schnell nach oben. »Nico, ein fremder Herr... Komm, verschwinde schnell.« Sie half ihm, seine Dinge in einer kleinen Handtasche zusammenzupakken, die für diese Fälle bereit stand, und öffnete den Wandschrank. Dahinter befand sich das Versteck. Durch Zufall waren sie darauf gekommen.

Zwischen den beiden Zimmern der oberen Etage lief die Treppe zum Boden. Wenn man die Seitenwand des Wandschrankes in Nicos Zimmer, dort wo die Treppe lief, herausnahm, stieß man auf einen Hohlraum, geräumig genug, um einen Menschen zu verbergen. Wim hatte in seinen freien Stunden die halbe Höhe der Holzwand säuberlich herausgesägt, eine Leiste darüber befestigt, die die Sägespur verdekken mußte, und diese Leiste durch den ganzen Wandschrank in halber Höhe gezogen, um einen einheitlichen Eindruck zu erwecken. Auch unten, wo die Wand den Boden berührte, hatte er eine Leiste zur Stütze angebracht. Mit einigen geschickten Handbewegungen, die Nico bald geübt hatte, konnte man die Wand herausnehmen, hineinschlüpfen und sie, während die Wand von außen wieder eingesetzt wurde, selbst von innen durch Riegel und Querbalken gleichzeitig absperren. Es war eine gute Arbeit, und sie alle hatten ihr Vergnügen daran gehabt.

Der Fremde blieb etwas länger als eine halbe Stunde – er kam auf Empfehlung und suchte einen Platz für einen Untertaucher. Wim mußte seine ganze Geschicklichkeit anwenden, um ihn auf eine verständige Art abzuweisen, ohne durchschimmern zu lassen, daß sie selbst schon versehen seien: »Wir sind erst so jung verheiratet, wissen Sie, und viel zu ungeschickt und unerfahren mit solchen Dingen, meine Frau vor allem, nein, nein, ich selbst bin doch den ganzen Tag abwesend.« Auch bei Empfehlungen mußte man aufpassen, ob es sich nicht um einen Provokateur handelte, der sich ins Vertrauen schleichen wollte...

– Enfin, Nico saß die ganze Zeit wie ein ängstliches Schaf in seinem Verschlag und wartete, bis sie ihn wieder herausließen. Zum Glück kamen solche Besuche nicht oft vor.

Marie zog die Laken von seinem Bett ab. Jetzt mußten sie in den Park einbiegen. Nein, dieses Ende hatten sie nicht erwartet. Sie hatten es sich anders vorgestellt – kein Ende vor dem allgemeinen, großen Ende. Aber wie? Daß sie und Wim eines Tages oben bei ihm erschienen und sagten: »Nico, es ist soweit!«? Oder mitten in der Nacht von der Küste her das Gedröhn der Geschütze, der unbeschreibliche Lärm von Tausenden Flugzeugen, Bomben, dazwischen das feine, rhythmische Geknatter von Mitrailleurs... Und er, ja, was würde er wohl tun – was würde er getan haben? Jubeln? Sie umarmen? Marie! Wim! Jetzt ist es soweit, zu spät, aber endlich... endlich! Oder mit matter Stimme, noch halb fragend, er konnte es nicht glauben: »Ach ja?« Hilflos sah er sie an, seine Augen füllten sich halb mit Tränen, er war wie erstarrt. »Aber Nico, freust du dich denn nicht?« Aber ja, natürlich, doch konnte man dies Freude nennen? Er war so müde geworden von dem langen Warten, von dem Eingesperrtsein. Auch seine Freude war so müde geworden, so verschlossen... Was würde er wohl tun? Sie hatten oft nachgedacht. Aber eigentlich war es unvorstellbar.

Sie hob die Wand heraus und nahm die Sachen, die im Versteck lagen, den Wäschebeutel, ein paar Strümpfe, eine Mappe mit Schreibzeug, Bücher. Als sie ein paar Zeitungen, die er aus Gott weiß welchem Grunde bewahrt hatte, herauszog, fiel ein Päckchen auf den Grund. Sie bückte sich. Was war das? Ein kleines Päckchen, aus festem, gelbem Papier, an der einen Ecke halb aufgebrochen, »Lucky Star« stand mit großen, schwarzen Buchstaben aufgedruckt, eine Prise Tabak fiel heraus und bestäubte den Grund: Zigaretten! Amerikanische Zigaretten! Sie roch daran. Der feine, würzige, amerikanische Tabak, wie sie ihn vor dem Kriege und nun seit Jahren schon nicht mehr geraucht hatten. Wie kam er an dieses Päckchen? Coba? Oder hatte er es aufbewahrt, als eine Art Reliquie? Warum? Und hier in dem Versteck vor ihnen verborgen? Es war noch über die Hälfte gefüllt, vielleicht sechs oder sieben hatte er geraucht. Allein geraucht! Wim hätte doch auch so gern einmal... Aber allein aufgeraucht!

Und plötzlich hatte sie es begriffen, völlig begriffen. Sie sah es vor sich. Sie verspürte ein Ziehen und Pressen in ihrer Kehle, die trocken wurde, und ohne daß sie es wußte, stiegen ihr Tränen in die Augen. Sie setzte sich auf die Couch, das Päckchen noch immer in der Hand. Allein geraucht! Geraucht, wenn er allein war – wenn er sich einsam fühlte – wenn er nicht mehr weiter konnte... Er verbarg es vor ihnen!

Sie sah, wie er hier auf der Couch liegt und auf die Decke starrt. Den linken Arm gekrümmt unter dem Kopf auf dem Kissen, die rechte Hand auf der Stirn. Nichts bewegt sich an ihm. Nur wenn er einatmet, zerteilt ein Beben und Zittern den Luftstrom in unendlich viele, kleine, abgehackte Atemzüge... ich kann nicht mehr, ich kann nicht mehr! Aber kein Schrei, kein Rasen, keine Tränen. Er streckt die Arme neben den Körper und läßt sie dort, zwei ausgediente, morsche Greifhölzer, liegen. Sein Atem wird oberflächlicher, kein Beben mehr. In der Brust klopft ein Herz langsam, langsam, es hat viel Zeit, viel Zeit... Dann wendet er den Kopf ein wenig nach rechts und schließt die Augen. Er wird wie in einen Nebel aufgenommen, sein Körper allmählich in einen Strudel gezogen, der Glied für Glied aufsaugt und zerstäubt. Aber er fühlt keine Seligkeit, keine Erleichterung der nahenden Vernichtung... kann nicht mehr... nicht mehr... So liegt er lange Zeit. Auf einmal sieht er sich selbst so daliegen, wie in einem Spiegel. Er erschrickt. Er liegt sich selbst gegenüber, er könnte die Hand ausstrecken, um sich selbst zu berühren. Aber es geht nicht, zugleich ist er unermeßlich weit von sich geschieden. Und dieses beides, nah und dennoch gleichzeitig geschieden sein, erweckt einen Zustand von Spannung, Qual, der sich aller Empfindung entzieht. Nichts anderes mehr um ihn herum. Er allein, abgeschieden von allem, was sonst zu ihm gehört und ihn wie mit feinen Nervensträngen an das Leben bindet.

Etwas in ihm erhebt sich, etwas in ihm hat einen Einfall gefaßt. Noch wie betäubt, richtet er sich langsam auf und schleicht wie ein Schlafwandler zum Wandschrank, öffnet das Versteck, kramt herum, bis er das kleine, gelbe Päckchen gefunden hat. Es ist noch prall gefüllt. Eine Zigarette zieht er heraus, die übrigen legt er wieder in das Versteck zurück.

Und dann, auf dem Rand der Couch, raucht er diese Zigarette, Zug um Zug...

Als er sie zu Ende geraucht hat, trägt er den Aschbecher mit der Kippe zum Papierkorb und leert ihn dort. Mit der Hand verweht er die leichten Rauchschwaden in der Kammer. Niemand braucht es zu wissen...

Ein Geheimnis! Niemand braucht es zu wissen, dachte Marie und schloß halb aufrecht im Bett die Augen. Ein Gefühl von Wehmut stieg in ihr auf, das gleiche wie am Abend zuvor allein in seiner Kammer. Armer Nico! Ein Geheimnis – was für ein grausames Spiel – vor ihnen, die ihn selbst wie ein Geheimnis verbargen. Aber hatten sie nie daran gedacht, daß auch er noch eines haben könnte, das er nicht mit ihnen teilte? Hatten sie es wirklich vergessen? Waren sie selbst denn auch ohne Geheimnis vor ihm? Manchmal vermeinten sie es zu verspüren, wenn sie ihn verstohlen betrachteten, wenn er aß, wenn er schweigend dasaß und vor sich hinstarrte... War es seine Rasse, die Geschichte seines Volkes? Ja, auch das, wer wollte es leugnen, aber nur zum Teil. Denn dies konnten sie irgendwie verstehen, sie konnten sich einfühlen und es so mit ihm teilen. Das andere, das Fremde, das was wir nicht selbst sind, ist unserem Begriff eher zugänglich. Aber das Entscheidende blieb unerklärt. Der Funke in ihm, die Absplitterung des großen Feuers, das in der Welt brannte und Leben genannt wurde, geheimnisvoll, einsam, in jedem Menschen neu Gestalt gewinnend und sich offenbarend nur in Bruchteilen einer Sekunde, in den erhellten Augenblicken die Brandmauern der Körper durchbrechend, und dann ein Leuchten, ein Zeichen der Verbindung, der Gemeinschaft, aber auch darin einsam und voller Geheimnis unzerstörbar.

Die Zigaretten gehörten nur ihm allein. Alles andere hatte er mit ihnen geteilt, oder sie mit ihm, wie man wollte.

Er hatte ihr durch Wim öfter Blumen bringen lassen, da er selbst sie nicht besorgen konnte, und Wim erhielt an seinem Geburtstag ein kleines Buch als Geschenk von ihm. Aber die Zigaretten – nein, die konnte er nicht mit ihnen teilen.

Was Wim wohl sagte? Würde er es begreifen, oder würde er verstimmt sein? Er lechzte so nach einer guten Zigarette.

Marie warf sich wieder in die Kissen zurück und zog die Decken bis unter das Kinn. Wim lag noch immer bis über den Kopf eingewickelt, sein Atem rollte tief und schwer. Der arme Junge, ihn traf das ganze Erlebnis auch heftiger, als er es zeigte. Der Schlaf war seine einzige Rettung, um morgen wieder frisch für seine Arbeit zu sein. Die Aufregungen der letzten Tage hatten ihn sehr mitgenommen.

Nico lag im Park unter einer Bank. Noch einige Stunden, und man würde ihn finden. Und dann? Manchmal überfiel sie eine leise Angst, daß es noch Verwicklungen gäbe. Aber sie kämpfte dagegen, sie wollte diese Angst nicht haben. Ob sie es überhaupt Wim erzählte? Vielleicht morgen?

Sie schlummerte ein. Als sie wieder aufwachte, schlich sie zum Fenster und lüftete ein wenig die Verdunkelung. Draußen war es noch Nacht. Sie legte sich wieder hin, aber empfand kein Bedürfnis mehr zu schlafen. Das Erlebnis von gestern abend stand ihr wieder vor dem Geiste, aber klarer, deutlicher, als wäre es durch das feinmaschige Sieb des Schlafes gesäubert von allen überflüssigen Gedanken und Empfindungen.

Sie fühlte sich mit dem Toten so verbunden, wie sie es mit dem Lebenden nicht erreicht hatte. Draußen krähte ein Hahn aus einem Garten, der an den Park grenzte.

Sie würde sein Geheimnis bewahren, die Zigaretten verbrennen. Niemand mehr sollte sie rauchen!

X

Am anderen Morgen.

Zuerst wagten sie beinahe nicht, einander anzuschauen.

»Guten Morgen, Marie.« – Langsam wurde es anders.

Als sie dann wie gewohnt um die gleiche Zeit am Frühstückstisch saßen, auf dem wie immer die tiefen Suppenteller, Brot, Butter und Marmelade standen, hätten sie gern die Angelegenheit noch einmal besprochen, vor allem, was sie in Zukunft noch erwarten würde. Denn sie hatten, ein jeder für sich, das unbestimmte Gefühl, daß es noch nicht abgelaufen war. Im Gegenteil. Irgend etwas Neues konnte sich anschließen, was sie im Augenblick noch nicht vermuteten.

Obwohl sie wußten, daß sie beide das Gleiche dachten, wagte doch niemand, den anderen in seiner Heimlichkeit zu stören. Marie hatte den Topf mit dem Brei zurück auf den warmen Ofen gesetzt, und sie beide saßen nun über den dampfenden Teller gebeugt und rührten in dem heißen Milchbrei. Von Zeit zu Zeit hielt Wim in dem Löffeln inne, drehte sich etwas auf seinem Stuhl herum und begann, mit einem Schürhaken an dem Ofen zu schütteln und in der Glut herumzustochern.

»Schön warm«, sagte er und rieb sich die Hände.

»Willst du noch etwas Brei«, fragte Marie und erhob sich, um den Topf von der Platte zu nehmen.

»Warum?« fragte Wim. Denn er aß gewöhnlich nur einen Teller.

»Ich hatte noch Milch übrig«, antwortete sie.

»Ach so.«

Sie schöpfte ihm auf und nahm sich selbst auch zum zweiten Male. Jeder aß anderthalb Portionen.

»Willst du dich nicht noch einmal hinlegen?« sagte Wim und steckte seine Serviette in den Ring. Sie sah so unausgeruht aus.

»Ich, warum?« Sie blickte ihn forschend an. Hatte er sie in der Nacht doch beobachtet? »Du mußt noch ein Butterbrot essen«, sagte sie, »du ißt doch sonst mehr.« Sie aßen jeden Morgen nach dem Brei noch zwei Butterbrote mit Marmelade oder einem anderen Aufstrich.

»Nein danke, ich bin fertig.« Er blieb ruhig auf seinem Stuhl sitzen, um ihr Gesellschaft zu leisten.

»Dann gebe ich sie dir mit ins Büro«, erwiderte sie und begann das Brot zu schneiden... »Du kommst zum Lunch nach Haus?« Denn es geschah, daß er zuweilen in der Fabrik blieb und seine Brote morgens schon mitnahm.

»Natürlich – heute komm ich nach Haus...«

Endlich faßte sie Mut.

»Denkst du, daß man bald hört, wie es weiter gegangen ist?«

»Sicher, vielleicht schon morgen.«

»Doch so lange?«

Pause.

Sie hatte den letzten Bissen in den Mund gesteckt, und während sie auf die Butterdose und den Marmeladentopf die Deckel schraubte und anscheinend ihre ganze Aufmerksamkeit für diese Tätigkeit nötig hatte, ging sie direkt auf das Ziel los: »Denkst du, daß es noch Verwicklungen gibt?«

»Verwicklungen?« Er dachte nach. »Sicher nicht«, entgegnete er nach einer Weile sehr ruhig und in einem Tone, der anzeigen sollte, für wie gering er diese Möglichkeit halte.

»Aber...?«

»Aber? Ach, ich glaube nicht, daß man Haussuchungen deswegen machen wird.«

Den Kopf wieder leicht zur Seite geneigt – er überlegte. Sie hatten sich, wenn man es jetzt richtig bedachte, die Angelegenheit in ihren Konsequenzen nicht genau vorgestellt. Sie nicht, und der Doktor auch nicht. Für sie alle galt nur der Gedanke: den Toten so schnell als möglich aus dem Hause zu schaffen.

»Aber Wim!« Marie war leicht erschrocken, als er das Wort »Haussuchung« aussprach. Obwohl sie selbst insgeheim mit der Möglichkeit gerechnet hatte, gab es ihr einen kleinen Schock, als sie das Wort ausgesprochen hörte. Sie bemühte sich, ihre Gedanken festzuhalten und nicht einem anderen aufsteigenden Gefühl von Besorgtheit und Angst die Zügel frei zu lassen.

Er erhob sich. »Wenn etwas geschieht, kannst du mich auf der Fabrik erreichen. Ich muß jetzt weg.«

»Auf Wiedersehen.« In einer plötzlichen Aufwallung schlang sie die Arme um ihn und küßte ihn. Und als er ihr den Kuß zurückgab, fühlte er auf einmal, wie gut sie sich wieder hielt, wie gut sie sich das ganze Jahr gehalten hatte.

»Du brauchst dir keine Gedanken zu machen«, sagte er

zärtlich, »alles wird gut ablaufen.« Im Augenblick, als er es sagte, glaubte er es selbst.

Um halb zehn kam der Milchmann. Er klingelte zweimal kurz hintereinander. Marie hatte dieses Signal mit ihm und auch mit anderen verabredet, es war angenehmer im voraus zu wissen, ob man einem bekannten oder einem fremden Gesicht an der Tür gegenüber stünde, in diesen Zeiten...

»So wie immer«, sagte Marie und reichte ihm den blauen Emailletopf. Der Mann maß ihn voll.

»Sie haben heute morgen hier im Park einen Mann gefunden«, sagte er und gab ihr den gefüllten Topf zurück. Breitbeinig stand der stämmige Bursche in seinen Holzschuhen und schloß die weißgetünchte, dickbäuchige Milchkanne mit dem Deckel.

»So...«, erwiderte Marie. Sie konnte sein Gesicht nicht sehen. Ihr Herz begann stärker zu pochen, aber sie blieb ruhig unter der Tür stehen... »Haben Sie Yoghurt heute?«...

Ohne Antwort zu geben, schleppte er die Milchkanne zurück, hob sie mit einem Schwung auf den Wagen und erschien mit zwei kleinen weißen Flaschen voll Yoghurt wieder bei ihr.

»Danke.«

»Einen Toten –« fuhr er fort.

»Hier... in unserem Park?« fragte Marie und hörte, wie etwas in ihrer Stimme mitzuklingen begann, ein Gefühl der Erleichterung, der Erlösung... »Woher wissen Sie das?« Ging diese Frage zu weit? Plötzlich fiel ihr ein, daß der Mann von Haus zu Haus, wo er mit seinem Wagen kam, die gleiche Moritat auftischen würde... Sie haben heute morgen hier im Park einen Mann gefunden... Einen Toten!...Ja...

Sie mußte verstohlen lachen und verspürte den leichten Kitzel, das Gespräch so auf eine echte Manier, wie es sich mit einem Milchmann gehört, zu Ende zu führen.

»Um halb sieben«, fuhr er fort, »der Melker hat es gesehen, als er auf dem Rad von der Weide kam.«

»So – was war das für ein Mann?« Sie hielt den Atem an, um seine Antwort abzuwarten.

»Das weiß ich nicht«, sagte der Milchmann und steckte nachdenklich beide Hände in die Hosentaschen. Sein Gesicht wurde ernst, die Unterlippe etwas vorgeschoben. »Irgend so ein armer Teufel – manchmal liest man es auch in der Zeitung, daß sie einen gefunden haben, am Wege oder sonstwo ...« Und dann mit leiser Stimme, vorsichtig: »... es wird wohl ein Jude gewesen sein ...«

Pause.

»Ach so«, erwiderte Marie langsam, als ginge ihr ein Licht auf, »meinen Sie ... das ist schon möglich.« Sie hielt die Flaschen mit dem linken Arm fest gegen ihren Körper gedrückt, der Milchtopf stand auf dem Boden unter der Haustür. Sie wartete noch. Und ...?

Ein paar Häuser weiter kam eine Frau aus der Tür und lief durch den Vorgarten, den Milchtopf in der Hand. »Milchmann!« rief sie mit einer hohen, fistelnden Stimme, noch bevor sie ihn vor dem Haus mit Marie im Gespräch erblickt hatte. Mit kleinen, nervösen Schritten lief sie eilig auf den Wagen zu, der am Rande des Bürgersteiges verlassen stand. Sie hielt den Topf etwas in die Höhe und winkte.

»Ich komme«, rief der Milchmann zurück und blieb, die Hände in den Taschen, bewegungslos auf seinem Platz. Und zu Marie gewandt: »Die hat es auch eilig.«

»Vielleicht«, erwiderte Marie. Was sie wissen wollte, hatte sie erfahren – und am Wagen wartete schon ein anderer Kunde. Sie konnte es jetzt kurz machen und verschwinden.

»Na, bei der ... ist er auf keinen Fall gewesen«, sagte der Milchmann ganz leise, so daß es Marie noch gerade hörte.

Sie begriff es sofort. Trotzdem fragte sie unschuldig: »Wer?«

»Na«, – und ein großer Daumen wurde mehrmals kurz hintereinander in die Richtung des Parkes geschüttelt.

»Warum?« sagte Marie, und ein vielsagendes Lächeln beendete den Satz, als wüßte sie so verschiedene Geheimnisse ...

»Die?« flüsterte der Mann, und nahm auch seine linke Hand aus der Tasche und beugte sich leicht zu Marie, »... ist viel zu bang.« Und seine leise Stimme drückte alles aus, was er in dem Augenblick empfand, ein wenig Verachtung und

Spott. Und dazu ein Lachen, als wüßte er noch mehr Geheimnisse...

Aber er wußte sie doch nicht, er konnte sie nicht wissen, entschied Marie, als sie wieder allein im Hause war. Er wollte damit nur zum Ausdruck bringen, daß er seine Kunden kannte. Natürlich, das hatte man schnell heraus, ob einer, an den er seine Milch verkaufte, sich bang oder außergewöhnlich bang anstellte. Aber als ein wenig unheimlich empfand sie es doch.

Aber Nico lag nicht mehr unter der Bank! Sie hätte aufschreien können, als sie diese Nachricht vernahm, vor Freude aufschreien. Dieses plötzlich aufsteigende Gefühl von Genugtuung, daß er nicht mehr wie ein toter Vogel unter dem freien Himmel im Park lag, hatte ihr den Mut gegeben, das Gespräch mit dem Mann auf eine etwas gewagte und gefährliche Manie zu Ende zu führen. Er konnte es sicher nicht bemerkt haben. Schließlich kamen alle Häuser in der Nähe des Parkes in Betracht. Natürlich, daß sie nicht eher daran gedacht hatte.

Als sie wieder in der Küche stand und die Milch und die Yoghurtflaschen auf die kalte Steinplatte stellte, wußte sie endgültig, daß Nico in ihrem Hause aufgehört hatte zu leben. In die Trauer über seinen Tod, die jetzt erst völlig durchbrach, da die Angst von ihr genommen war, mischte sich das Gefühl der Freude, der Genugtuung, daß man ihn gefunden hatte und daß ihm nun nichts mehr geschehen konnte. Sie würden wieder wie zuvor allein sein in ihren vier Wänden, vielleicht kam auch ein neuer Gast. Aber er, Nico, würde nicht mehr oben an der Treppe stehen und warten, daß man ihm die Zeitung brächte. Er würde überhaupt nicht mehr warten. Er hatte sich gegen den Tod zur Wehr gesetzt, der von außen kam. Da hatte ihn jener von innen geholt. Wie in einer Komödie, in der man den Auftritt des Helden, der die Auflösung bringt, von rechts erwartet. Und er kommt von links aus der Kulisse. Die Zuschauer jedoch gehen danach überrascht, erfreut und ein wenig gewitzigt nach Hause. Sie fühlen, daß das Spiel am Ende doch ein wenig traurig ablief. Denn man hatte ihn von rechts erwartet...

Und dann war noch eine kleine Beschämung dabei, eine

kleine Enttäuschung. Warum mußte er auch sterben? Warum mußte gerade er, der sich bei ihnen verbarg, sterben, einen gewöhnlichen, normalen Tod sterben, so wie man ihn zu allen Zeiten, ob Krieg ob Frieden, stirbt. Beinahe schlug er ihnen mit diesem Tod ein Schnippchen, ihnen, die ihn für ein ganz anderes Ziel verborgen hielten. Um zu sterben, hätte er sich schließlich nicht zu verstecken brauchen, da hätte er ruhig wie die ungezählten anderen...

Und dann blieb noch die kleine menschliche Enttäuschung, daß er ihnen gestorben war. Man hatte nicht alle Tage die Gelegenheit, einen Menschen zu retten. Uneingestanden hatte dieser Gedanke ihr oft weitergeholfen, wenn sie, leicht bedrückt und voller Zweifel, den immerhin komplizierten Zustand nicht länger mehr ertragen zu können glaubte und ihr Mut sank. Immer einen Fremden in seinem Hause, einen Mann, der untätig blieb, immer ein Schicksal, immer die Gefahr, nie einmal unbefangen, nie, nie...!

Heimlich hatte sie sich vorgestellt, wie sie am Tage der Befreiung zu dritt Arm in Arm aus ihrem Hause gingen. Ein jeder würde es ihnen sofort ansehen, was er für einer war, an seiner bleichen Gesichtsfarbe, der Farbe der Stubenhocker, die sein Äußeres nur noch stärker prononcierte. Was würden die Nachbarn und dieser und jener in der Straße für Augen machen, wenn er auf einmal aus ihrem Hause kam und mit ihnen auf der Straße herumspazierte. Es gab ihnen die kleine Genugtuung, die ein jeder nötig hatte, der sich Opfer auferlegte, eine kleine Genugtuung. Und dann fühlte man, daß man – ein klein wenig nur – auch persönlich den Krieg gewonnen hatte.

Dies verflog nun alles in Rauch, nicht einmal ein Traum mehr. Sie alle drei waren Pechvögel. Aber er war doch der größte.

Armer Nico!

Hatte er nicht am ersten Abend, als Wim sagte: »... allen, die in deiner Lage sind«... geantwortet: »Und das sind nicht nur Juden...?«

Sie hatten diese Worte gern gehört; für sich selbst beanspruchte er kein besonderes Mitleid. Er trat sozusagen bescheiden zurück in den Kreis, in die Bruderschaft aller Leidtragenden, als Gleicher unter Gleichen. Es war eine sympathische Geste von ihm, – eine Geste, aber nicht die volle Wahrheit.

»Eigentlich sind sie alle Pechvögel.«

»Wer?«

»Die Juden.«

Es war nicht ihre Gewohnheit, über *die* Juden zu sprechen. Daß einer ein Jude war, war für sie kein Problem.

»Sie haben es schwer«, sagte Wim, »sie sind wie Hasen, auf die gejagt wird. Anscheinend ist ihre Schonzeit abgelaufen.«

»Warum lassen sie sich auch jagen?«

»Was sollen sie anders tun«, fragte Wim, »weglaufen oder sich fangen lassen...?«

»Und daß sie trotzdem Hasen bleiben wollen«, sagte Marie, »begreifst du das?«

»Das ist ihre Religion«, erklärte Wim.

Doch Marie protestierte. Denn sie hatte noch an nichts merken können, daß Nico etwas mit der Religion zu schaffen hatte. Eigentlich begriffen sie beide nicht, obwohl sie ihn verbargen, was das nun genaugenommen war: ein Jude. Ein Mensch wie alle anderen Menschen. Aber... Was aber? Es war schwierig, mit einem Menschen vertraut und in häuslicher Gemeinschaft längere Zeit umzugehen, ohne langsam doch nach seinem Woher-Wohin zu fragen. Das bedeutet noch nicht, daß auf einmal Probleme entstehen und Grenzen sich abzuzeichnen beginnen, während dies zuvor im naiveren Umgang, da man unbefangen ist, nicht der Fall war. Aber sie beide hätten zu gern gewußt, warum ihr Nico noch ein Jude war. Doch nicht etwa, weil die anderen sagten, daß er einer sei?

»Ob ich ihn einmal fragen kann, Wim, was meinst du?«

»Wenn du es vorsichtig anstellst. Man weiß nie, ob es für ihn nicht peinlich ist. Es ist immerhin, auch wenn man es ganz natürlich betrachtet, eine etwas schwierige Angelegenheit, einen Menschen zu fragen, warum er der und nicht jener ist. Und ein wenig komisch dazu.«

Und so hatte Marie ihn einmal, als sich die Gelegenheit bot, beim Geschirrspülen in der Küche, gefragt, er solle ihr nun einmal sagen, warum er noch...

»Man sieht es mir doch an«, war seine erste Antwort.

Marie schüttelte den Kopf. »In Frankreich oder in Spanien, auch schon bei uns in Brabant würdest du nicht auffallen.«

»Ja, vielleicht.«

»Und warum bist du dann nicht ausgetreten?«

Sie meinte eigentlich »übergetreten«. Es war ein Versehen. Aber als sie es selbst merkte, unterließ sie es, sich zu verbessern.

»Erstens würde es mir jetzt auch nicht viel helfen«, hatte er ruhig gesagt, während er mit großen Zirkelbewegungen einen Suppenteller abtrocknete, – »auch nicht viel helfen. Sie nehmen alle, auch die Getauften.«

Pause.

»Und zweitens, Nico?« Es war beinahe wie ein Verhör. Nur daß Marie, als der Befrager, innerlich mehr zitterte, als der Befragte.

»Und dann, – ach, Marie, offen gestanden, ich habe sehr oft daran gedacht, es zu tun. Du weißt, ich halte keine Gebräuche mehr.«

»Und warum nicht, Nico, warum hast du es nicht getan?« Sie drehte sich ihm unmerklich zu, ohne ihre Hände aus dem Spüleimer zu nehmen.

»Was hat er denn darauf geantwortet«, fragte Wim, als Marie ihm das Gespräch erzählte.

»Etwas sehr Seltsames, das ich eigentlich nicht gut begreife. Beinahe finde ich es ein wenig absurd, nämlich: ›Ich habe mir immer vorgestellt, was mein Vater wohl dazu sagen würde.‹«

»Das hat er also gesagt?«

»Ja... was sein Vater wohl dazu sagen würde.«

Wim schwieg.

»Wie findest du es denn?«

»So unsinnig finde ich es gar nicht«, sagte Wim nach einer Weile.

Marie zögerte.

»Um dies zu begreifen, muß man entweder ein Sohn sein, – oder einen haben. Nicht wahr?« Sie lachte und hob sich ein wenig auf die Zehenspitzen.

»Vielleicht«, erwiderte Wim und schlug leicht mit seiner Stirn gegen die ihre.

Nachdem sie die üblichen häuslichen Arbeiten erledigt hatte, fand sie oben auf dem Gang der ersten Etage noch den Wäschesack unausgepackt, so, wie er aus der Wäscherei kam. Über den vielen anderen Dingen der letzten Tage war sie noch nicht dazu gekommen, die Wäsche einzuräumen. Es war inzwischen ein viertel nach elf geworden, und sie gedachte, bevor sie den Lunch bereitete, ihn schnell auszupakken und in den Schrank zu ordnen, als Coba erschien.

»Coba!?« sagte Marie und empfand auf einmal wieder Schmerz über alles, was sie schon hinter sich geglaubt hatte. Ihr Aussehen wurde so ernst und traurig, daß Coba sogleich alles wußte.

»Himmel!« – vor Schreck legte sie ihre Hand auf den Mund. Als sie vor fünf Tagen das letzte Mal hier ins Haus kam, war er noch am Leben gewesen. So schnell! »Erzähle«, sagte sie und setzte sich im Gang auf die vorletzte Treppenstufe. »Wo ist er?«

Als Marie geendet hatte, schwieg auch Coba eine ganze Zeit. Sie starrte trübe vor sich hin, und Marie hatte genügend Anlaß, sich zu wundern, daß ein Mensch, der so lebhaft und voller Einfälle war, so still sein konnte.

»Es ist so das Beste«, sagte Coba schließlich und erhob sich – »für euch und für ihn... armer Vogel...« Sie zog sich den Mantel aus.

»Ich werde Kaffee aufbrühen«, sagte Marie, »aber zuvor wollte ich noch die Wäsche einräumen. Ich bin gleich fertig. Wim kommt nach Hause.«

»Ich helfe dir«, erklärte Coba, und stieg langsam hinter ihr die Treppe hinan.

Sie nahm die Wäsche aus dem Sack und gab sie Marie, die sie in den Schrank legte.

»Was hatte er an?« fragte Coba und packte einen großen Stapel fein gebügelter Oberhemden, die Wim gehörten.

»Einen Pyjama – von Wim«, fügte Marie hinzu, nahm den Stapel auf ihre Hände und lief zum Schrank.

»So«, – Coba bückte sich von neuem und griff einen Haufen bunter Frottétücher, der zuunterst im Sacke lag. Die Tücher waren gezeichnet.

»... Dann hoffe ich nur, daß du vorher deine Wäschenummer herausgetrennt hast.« Da stand sie schon wieder aufrecht und wartete auf Marie, die immer noch am Schrank beschäftigt war.

»O Coba –« sagte Marie tonlos, es war ihr, als ob sie gegen den Schrank fiele. Sie drehte sich um, und Coba sah in zwei weit aufgerissene Augen, die bis auf den letzten Spalt die Angst füllte, von Sekunde zu Sekunde anschwellend, so daß sie zwischen den Lidern hervor das Gesicht überschwemmte und schon den Hals hinab und in die Arme und den Körper lief.

Coba ließ achtlos die Tücher auf den Wäschesack zurückfallen und eilte zum Schrank. Sie packte Marie an den Oberarmen und trat ganz nahe an sie heran. Alle wehmütige Erinnerung war verflogen, es galt eine neue Gefahr.

»Erinner dich gut«, flüsterte sie in Spannung, vielleicht war es nur eine Täuschung... »hast du sie vorher...?«

Marie schloß die Augen und schüttelte den Kopf. Unter der Berührung der zwei kräftigen, entschlossenen Hände, in denen sie die ganze Energie der jungen Frau verspürte, war es ihr, als würde sie selbst von jeglicher Energie entladen. Sie fühlte, wie sie aus ihr wich. »Nein«, flüsterte sie.

»Komm«, sagte Coba und zog sie auf einen Stuhl, »– beruhige dich... was für eine Entdeckung!«

Als Marie saß, fühlte sie sich besser, aber der Schock lähmte ihre Glieder. Es kam so schnell, ohne Übergang, zumal nach den Wochen und Monaten, in denen sie die Hilfreiche spielen mußte. Nun fühlte sie sich hilflos, so beschämt über diese neue Rolle, in die sie unversehens geraten war und die sie noch gar nicht beherrschte.

Auf dem Boden, in einiger Entfernung von ihr, lagen die Handtücher, verstreut und auseinander gefaltet, sie sah die Wäschenummern in der Mitte des oberen Randes, rot auf weiß.

»Was nun?« fragte sie.

»Wann kommt Wim zurück?« fragte Coba.

»Gegen zwölf, viertel eins. Hat es noch so lange Zeit?«

»Ich hoffe«, erwiderte Coba, »ich kenne allerdings eure Polizei nicht, ist sie noch gut?«

»Ich glaube. Wim sagte so etwas.«

»Pack die notwendigen Dinge ein, ich werde Wim empfangen, wenn er kommt«, erklärte Coba.

Marie ließ sie gewähren.

»Guten Tag Coba, du hier? Wo ist Marie?« sagte Wim, als er kurz darauf ins Haus trat. »Hat sie dir erzählt...?«

»Und noch mehr –« erwiderte die Schwester. »Hör einmal zu!«

»Ver..., ist das wahr?« rief Wim und wurde leichenblaß. Er begann durch die Kammer zu stapfen.

»Es ist keine Zeit zu verlieren«, sagte Coba. »Ich nehme an, daß in deinem Pyjama außer der Nummer der Wäscherei noch dein Monogramm eingenäht ist, wie es sich für eine gute Hausfrau geziemt.«

»Natürlich. Ich...«

»Laß das. Ihr müßt verschwinden... ihr müßt untertauchen...«

Ein kurzes Lachen, wie ein Hustenstoß. Mitten in der Kammer blieb er mit einem Ruck stehen. »Weißt du eine Adresse für uns?« Also so weit war es nun. Jetzt kam die Reihe an sie. Gestern noch Gastgeber und Trost gewährend, morgen selbst Gast und Mitleid fragend...!

»Notadressen für dringende Fälle gibt es immer.«

»Es ist doch...« Eine Bitterkeit lag noch in seiner Stimme. Er nahm die Wanderung wieder auf. Plötzlich stand er vor ihr. »Du hast recht.« Es klang ruhiger, er hatte seinen Entschluß gefaßt. »Wir müssen sofort weg. Sofort... Daß wir beide nicht an die Nummer gedacht haben, es war Abend und so dunkel in der Kammer. Ich auch nicht, ich habe ihr doch beim Anziehen geholfen... Ist schließlich ganz gleichgültig. Aber, da ist man ein ganzes Jahr vorsichtig, paßt auf wie ein Polizist im eigenen Haus, alles geht gut. Und dann zum Schluß... Es ist beinahe zum lachen!«

»Ihr kommt zuerst zu mir«, begann Coba. »Ich transportiere euch dann weiter.«

»Gut, Coba, wir gehen mit dir.« Er hatte seine alte, besonnene Haltung völlig zurückgefunden. Der Schreck nur! »Es kann auch sein, daß die ganze Angelegenheit im Sande verläuft, unsere Polizei ist zum übergroßen Teil noch gut, sie arbeitet mit, wer weiß?« schloß er. Ja, es gab noch eine Chance. Abwarten. »Nur der Chef ist ein falscher, von der anderen Seite. Wollen mal sehen. Wir gehen mit dir.«

»Du kannst mit dem Rad fahren, und Marie und ich nehmen die Tram.«

»Wo ist Marie?«

»Sie packt bereits oben.«

Als er in die Kammer trat, war Marie gerade damit beschäftigt, die Handtücher vom Boden zu nehmen und zu bergen. Sie weinte.

»Ich habe auch nicht daran gedacht«, sagte Wim, noch bevor sie zu Worte kam. Auf jeden Fall wollte er ihr deutlich machen, daß es ihrer beider Angelegenheit galt. »Vom Doktor wollen wir gar nicht reden. Schließlich läßt der auch nicht seine Visitenkarte im Bauch, wenn er jemanden operiert...«

Marie mußte über den letzten Vergleich ein wenig lächeln. »Was wird nun«, sagte sie zaghaft. »Hat dir Coba erzählt? Ich habe alles gepackt.«

»Wir gehen sofort aus dem Haus, ich mit dem Rad, du mit der Tram.«

»Mußt du nicht zur Fabrik?«

»Das bringe ich schon in Ordnung.«

»Ich bin fertig.«

»Gehen wir«, sagte Wim.

»Die anderen Wäschenummern habe ich so gut es ging, herausgeschnitten –«

Wim unterbrach sie. »Nicht nötig. Sie haben doch Listen in der Wäscherei und außerdem, was jetzt noch von uns dort ist. Komm.«

Während die beiden Frauen sich im Vestibül ankleideten, ging Wim noch einmal durch die Räume, um flüchtig zu schauen, ob vielleicht noch andere kompromittierende Dinge herumlagen. Auch das war im Grunde sinnlos, denn wenn nur das eine herauskam, genügte es schon, sie saßen in der Falle.

Als er im Vorzimmer an dem Tischchen vorbeikam, auf dem die Vase stand, schoß ihm der Gedanke durch den Kopf, wie schnell man, wenn es nötig ist, von allen Dingen, die man in Freuden besitzt, lassen kann. Genau so schnell wie aus einem Seßhaften ein Vertriebener wird. Und er hörte in Gedanken Nicos Stimme, als er ihm erzählte, wie er aus seiner Wohnung gegangen war.

»... es waren nur zwei Zimmer in Untermiete, mit Morgensonne. Ich besaß nicht viel Möbel, die wert waren, gerettet zu werden. Ein Bild und ein paar Bücher habe ich an einen Kollegen gegeben.«

»Du kannst sie behalten, wenn ich nicht zurückkomme...«

»Ich werde sie dir sicher bewahren.«

Und Nico war fortgefahren: »Eben tat es weh, ein kleiner zuckender Schmerz. Schließlich hatte ich über zehn Jahre in der Wohnung gehaust. Aber dann ging ich. Den Koffer hatte ich bei mir...«

Coba steckte ihren Kopf durch die halbgeöffnete Tür: »Wir gehen, auf Wiedersehen bei mir.« Sie gingen.

Wim war allein. Die Stimme sprach weiter: »... zuerst hatte ich gedacht, bevor es soweit war, daß ich es nicht überleben würde. Aber dann ging ich. Es war gut so. Ob ich noch einmal zurückkomme?«... Die Stimme brach ab.

Wim begriff es jetzt besser. Er wartete noch. Dann ging er. Die Haustür schloß er schnell hinter sich ab. Ob sie noch einmal zurückkommen? Da stand sein Rad, angelehnt an die Hausmauer, so wie er es immer hinstellte, wenn er aus der Fabrik nach Hause kam. »Ein kleiner zuckender Schmerz, Wim –«

Aber auf jeden Fall: es war gut so...!

XI

»Ich kann nicht mehr sitzen«, seufzte Marie, daß Wim ihr gegenüber am anderen Fenster es hören konnte. Auf die abgegriffenen Seitenpolster gestützt, stemmte sie sich ächzend in die Höhe. »Mein Rücken! Was soll ich nur tun?«

Die Beine übereinandergeschlagen, das rechte über das linke, und von Zeit zu Zeit wechselnd, lehnte Wim mit Behagen tief in seinem Sessel, auf seinen Knien ein dickleibiges Buch, ein Roman, in Mexico spielend, der zweite innerhalb dreier Tage.

»Ich weiß es nicht«, sagte er wie aus einer anderen Welt und las weiter. Marie wartete.

Welch unheimliche Stille im Haus, selten das Geräusch einer Tür, die man öffnete oder schloß. Wurde in dem Haus denn nur gesessen? Eine Ruhe wie auf einem Friedhof.

Ob sie ihn schon begraben hatten? Und ob man auch schon wußte...?

Zuweilen hörte man das Heulen der Sirenen. Luftalarm! Hier oben im dritten Stock hörte man es besonders gut. Mitunter zweimal am Tag. Jetzt kamen sie auch schon am Tage! Ein ganzes Orchester Sirenen, nacheinander einsetzend. Das Aufpeitschend-Erregende, wenn sie auf Touren kamen und sich hochschraubten, der ganze Körper wurde gleichsam an den Ohren mit emporgezogen. Und das Klägliche, Mitleid erweckende, wenn ihnen die Luft ausging und sie abfielen, so daß man selbst außer Atem geriet. Marie flößte es Schrecken ein und verstärkte ihr Gefühl, daß sie aufgescheucht und gejagt wurden.

Dann kam ihr Nico wieder in den Sinn. Sie hatte ihn begriffen. Die ganze Zeit, die er in ihrem Hause versteckt zugebracht hatte, war für sie gewesen, als hätte sie immer besser begriffen, ihn und das andere, das hinter ihm stand, unsichtbar, und das er verkörperte. Bis sie schließlich allein in seiner Kammer hinter sein Geheimnis gekommen war. Aber jetzt schien es ihr, als wenn sie selbst auf eine neue Art in dieses Geheimnis eingegangen war. Und sie erinnerte sich, in seinen Augen ein Irrlichtern, wie wenn man ihn hetzte, zuweilen entdeckt zu haben.

Wenn sie ans geschlossene Fenster trat und tief hinab in den kleinen Hintergarten sah, überfiel sie eine Art Schwindel. Sie lehnte die Stirn gegen das Glas, um einen Halt zu fühlen. Es begann in den Augen, ein eigentümliches Drehen und Ziehen, das allmählich den ganzen Kopf in einen Wirbel hineinzog, als verlöre sie das Bewußtsein, während zugleich eine Angst in ihr aufstieg. »Lächerlich«, sagte sie zu sich selbst.

Aber die Angst blieb, wie ein Feuer aus einem geheimen Brandherd züngelte sie plötzlich hervor und brannte eine tiefe und schmerzhafte Wunde, daß Marie fast in Tränen ausbrach. Noch nie hatte sie es so gefühlt. Schnell trat sie von dem Fenster weg.

»Du findest es doch auch besser, wenn ich mich nicht zu

viel auf der Straße sehen lasse«, begann sie wieder. Sie blieben beide – natürlich! – nicht den ganzen Tag auf ihrem Zimmer.

Aber es kam immer wieder die gleiche Antwort:

»Ja, besser – das heißt, wenn du willst ...« Er las weiter.

Sie wurde noch tiefer in ihrer Unentschlossenheit bestärkt. Auch sie konnte keine direkte Gefahr erblicken, wenn sie hinunterging. Schließlich sah man es ihnen beiden nicht an wie Nico, daß sie sich verstecken mußten. Sehr unwahrscheinlich, daß sie beide von der Polizei bereits gesucht wurden. Hier in der großen Stadt! Es gab wichtigere Dinge, interessantere Personen, die Aufmerksamkeit beanspruchten.

Aber die neue Rolle, die ihr so unversehens zugeteilt war, konnte Marie noch nicht spielen. Sie fühlte sich unsicher. Daß sie durch ihn dereinst in eine ähnliche Lage gebracht wurden, in der er sich befand, als sie ihn aufnahmen! Diese Ungewißheit, die von Tag zu Tag mit dem Warten anwuchs, während das Leben, das sie bisher geführt hatten, langsam abbröckelte wie ein Berg, der sich mit der Zeit selbst abträgt und von dem nichts übrigbleibt als ein Abgrund auf der anderen Seite, der immer mehr und mehr sich ausdehnt, aber dessen Anblick die aufgetragenen Steinmassen verdecken. Und doch war es nur eine ähnliche Lage. Fern von allen Dingen, an denen ihr Herz hing, die Ungewißheit, ob sie zurückkehren konnten, das lange Warten, die Angst – alles war nur ähnlich, eben angedeutet, kaum vergleichbar. Es reute sie nicht, daß sie damals den Entschluß gefaßt hatten, ihn aufzunehmen. Aber so schnell wechselt selbst der beste Schauspieler nicht – unvorbereitet – von einem Fach ins andere hinüber.

Ob Wim dies alles anders empfand als sie? Gern hätte sie ihn gefragt, aber sie konnte die einstürmenden Gedanken noch nicht in Worte kleiden. Und dann fand sie ihn ein wenig unaufmerksam, um nicht zu sagen unhöflich. Marie begann ihre Wanderung durch das Zimmer. Sie trat vorsichtig auf, um in der Kammer darunter nicht gehört zu werden.

Ein großer, blauer Vorhang an der einen Längsseite verdeckte die beiden hochgeschlagenen Klappbetten. Die Wandtapete, zum größten Teil verschossen, zeigte noch

Spuren von gelb. Der Spiegel in rotes Holz gefaßt, Stuhl, Tisch und Schrank, zeigten alle Nuancen von dunkel- bis hellbraun. Keine Farbe paßte zur anderen. Zusammen war es wie ein großes Feldbukett.

An der Wand gegenüber hing ein großes Bild in einem imposanten Goldrahmen. Ein Prachtstück! Eine Jungfrau stand darin, einsam unter einem Baum auf einem Berge und unter sich ein Frühlingsgewitter im Tal. Wolkenzüge lagerten die Berghänge hinauf, dazwischen brachen, von einem höheren Ort, goldene Strahlen hindurch. Sie konnten auch von der Goldleiste herrühren.

Marie blieb stehen. »Wie kann man sich nur ein solches Bild aufhängen? Begreifst du das, Wim?« Sie kniff die Augen bis auf einen kleinen Spalt zu, als wenn die Tropfen des Ungewitters aus dem Tal ihr ins Gesicht sprühten.

Wim las die Zeile schnell zu Ende und hielt sie dann mit seinem rechten Zeigefinger fest, wie ein kleiner ABC-Schütze, dem beim Lesen die Zeilen durcheinander purzeln.

Er begriff es auch nicht. »Ja, einfach abscheulich.« Das Bild war in der Tat nicht schön. Aber es störte ihn auch nicht.

»Das Gewitter, schau nur, es hat dem Maler in seine Palette geregnet.«

»Ist es kein Kunstdruck?«

»Aber nein.«

Aber da hatte er den Zeigefinger schon wieder zurückgezogen und war aufs neue in dem mexikanischen Urwald untergetaucht.

Den ersten Tag nach ihrem hastigen Weggang mit Coba waren sie hier in der Residenz gelandet, in einer Familienpension, die von einem älteren Fräulein betrieben wurde. Das Haus, ein altmodischer, dreistöckiger Bau in einer kleinen, abseits gelegenen und langweiligen Straße, die Gäste ältere Ehepaare, die, über die drei Stockwerke in je ein oder zwei altertümlich ausstaffierte und stets ungelüftet riechende Räume verteilt, mit verstohlener Langmut zusammen die Gebrechlichkeit des Alters milde ertrugen und insgeheim voll Spannung und Neugier warteten, wer von ihnen zuerst das Feld räumen müsse.

»Eine Notadresse«, hatte Coba gesagt, und »So ein lieber, alter Mensch.«

Was für liebe, alte Bekannte Coba doch hatte, dachte Marie und schwieg mit viel Geschick bei dem folgenden Besuch Cobas. In normalen Zeiten hätte sie es nicht einen halben Tag in der Umgebung ausgehalten.

»Sie tut viel für uns«, fügte Coba noch hinzu mit einem bedeutungsvollen Gesicht, als erzähle sie schon zu viel Geheimnisse, und in der Schwebe lassend, wer dieses »für uns« eigentlich war.

»So?« fragte Wim ein wenig ungläubig.

Coba nickte lebhaft mit dem Kopf. Doch!

Aber mehr konnte sie unmöglich verraten. Und Wim ließ es dabei bewenden.

Die Pensionsmutter trug ein hochgeschlossenes, schwarzes Kleid, das die zierliche Figur wie eine Galauniform einschnürte, und um den Hals eine doppelt geschlungene, goldene Kette, noch tief über die Brust hinab. Sie ging sehr aufrecht und war von einer weltgewandten Höflichkeit. Sie war eingeweiht. Persönlich brachte sie ihnen das Essen auf das Zimmer.

»Mein Neffe und seine Frau kommen für einige Tage zu mir«, hatte sie zu Beginn ihrer näheren Umgebung mitgeteilt, den Stubenmädchen und zwei älteren Ehepaaren. Bald wußte es das ganze Haus. »Sie wurden evakuiert. Und bis sie ein neues Heim gefunden haben, sind sie meine Gäste.« Und sich näher beugend, als wolle sie flüstern, aber doch mit erhobener Stimme, denn die Alten waren schon ein wenig taub: »Die junge Frau ist im dritten Monat...«

Von alledem hatten Marie und Wim keine Ahnung, nur Coba war mit im Komplott.

Zuerst war Marie froh gewesen, ein Dach über dem Kopf zu haben. Am zweiten Tag entdeckte sie das Gemälde und einige andere, kleine, farbige Abbildungen von Hunde- und Katzenköpfen. Das Gemälde jedoch wuchs. Es hing gegenüber den Betten. Abends wenn sie schlafen gingen, war es ein Abendgewitter, und die Jungfrau hatte sich im Gebirge verlaufen, und am Morgen stand sie schon da, sie war immer die erste, die wach wurde, und sah ins Tal. Am dritten sprach Marie es endlich aus. Ihre Ungeduld wuchs. Auch begann sie zu zweifeln, ob es überhaupt nötig gewesen war, ihr eigenes schönes Heim zu verlassen. Von Zeit zu Zeit fiel ihr dieser Gedanke ein, daß sich vielleicht auch eine andere Lösung hätte finden lassen.

»Hätte man nicht auch sagen können –« begann sie wieder.

»Was?« fragte Wim und schlug endgültig sein Buch zu. Nur die Fingerspitze hielt er noch dazwischen geklemmt.

Marie dachte an den Milchmann und den Bäcker. Und die Nachbarsfrau sagte zu ihrem Mann: »Hier – nebenan sind sie schon drei Tage nicht zu Hause...«

»Ach –«

»Alle Menschen kommen vergebens an die Tür.«

»– Nein, nein, sie hat nichts hinterlassen. Anscheinend sind sie Hals über Kopf...«

»Meinst du, daß –?«

»Psst, nicht so laut, die Kinder!«

Marie hielt es nicht mehr aus. Wie gehetzt lief sie durch das Zimmer.

Wim verfolgte jede ihrer Bewegungen ängstlich. Er begriff sie, er begriff sie vollkommen. Aber er konnte ihr nicht helfen. Eigentlich fand er sie ein wenig kindisch, daß sie so gar nichts mit sich anzufangen wußte. War sie nicht auch den ganzen Tag allein zu Haus, wenn er auf dem Büro saß, so oft ging sie doch wahrlich nicht aus. Er hatte Mitleid mit ihr.

Er wollte es noch einmal mit Geduld versuchen.

»Wenn du dich ein wenig zu mir setztest?«

»Danke, ich habe dir doch soeben gesagt, daß ich nicht mehr sitzen kann.« Tränen standen ihr in den Augen.

»Ich hatte es vergessen«, entschuldigte er sich.

»Vergessen«, wiederholte sie geringschätzig.

»Man muß versuchen, das Gute herauszuholen«, entfuhr es ihm plötzlich. Er selbst war über seine Worte verwundert. Wie ungeschickt!

»Das Gute!« Bittrer Hohn klang aus ihrer Stimme.

Geduld, sagte Wim zu sich selbst. Es läuft verkehrt. Aber ein wenig langweilig fand er sie immer noch.

»Wenn ich jetzt zum Beispiel meine Bücher hier hätte, wie schnell würde ich mit meinem Examen vorwärtskommen.«

»Ach du!« Er irritierte sie mit seiner zur Schau getragenen Indolenz.

Sie nahm in ihrem Sessel wieder Platz.

»Früher hast du doch auch so gern gelesen«, sagte er sacht.

Marie schüttelte den Kopf. Es schnürte ihr die Kehle zu.

»Sicher«, beharrte er milde.

Aber sie sah ihn nur traurig an und schluckte tapfer die Tränen hinunter. Pause.

»Du hast auch viel zuwenig Strümpfe«, sagte sie leise, als wäre dies der Grund von allem Unglück.

»Ich brauche ja auch keine.«

»Und dein Oberhemd muß ich waschen.«

»Eins habe ich noch im Schrank.«

Und plötzlich ganz trostlos: »Ich habe doch viel zuwenig mitgenommen....« Aber es klang wie: ich habe doch soviel zurücklassen müssen.

»Das ist immer so, Marie.«

»Gestern kam der Gasmann und heute der Mann von der Elektrizität.«

»Ja? Aber weißt du, was ich nicht schön finde?«

»Das ist nämlich noch nie vorgekommen, daß sie haben warten müssen«, fuhr sie fort. Sie verspürte eine leichte Angst. Was fand er nicht schön an ihr? Es war so ungewohnt, so seltsam, den ganzen Tag mit einem Mann, mit seinem Mann zusammenzusitzen in einer Stube, von ihm gesehen und in allem beobachtet zu werden. Ob das anderen Frauen auch so erging? Sie zerknüllte das Spitzentaschentuch in der Hand und fragte zaghaft: »Was denn, Wim?«

»Daß man von der Jungfrau nur den Rücken sieht.«

»Von welcher Jungfrau denn?«

»Da auf dem Bild!«

Er lachte, als er ihr verdutztes Gesicht sah, und sie wurde von seinem Lachen angesteckt.

Er sagte: »Ein Rücken, das ist doch außerordentlich uninteressant.«

Aber ihre Gedanken waren weiter gesprungen. Sie mußte schon wieder daran denken. »Hat es eigentlich in der Zeitung gestanden?«

»Das habe ich ganz vergessen, Coba zu fragen.«

»Ob sie wohl heute kommt?«

»Sicher, bisher kam sie jeden Tag. Vielleicht –«

»Ach, wie lange noch?« seufzte Marie.

»Wie lange noch«, das hatte Nico auch so oft gefragt, erinnerte sich Wim. Die gleiche Frage! In einer ähnlichen Lage! Und doch so verschieden. Sie hatten immer noch eine Möglichkeit mehr, zum Beispiel daß Coba erschien und alles in Ordnung war.

Und auf einmal schob Marie ihren Sessel näher an den seinen und sagte mit einer flackernden Stimme: »Wenn Nico uns hier sitzen sähe ...«

Wim erschrak. Auch er hatte die ganze Zeit daran denken müssen. Immer wieder, bis in den mexikanischen Urwald, hatte ihn dieser Gedanke wie ein giftiges Tier in das dichteste Gestrüpp verfolgt: »Wenn er uns hier sitzen sähe !« Was würde er wohl sagen? Marie? Wim? Meinetwegen? Und er erblaßte ... Die Rollen waren verändert. Der Abstand zwischen ihnen war geringer geworden. Jetzt hätte er sie bevatern können. Und sie begriffen ihn besser. »Kenne ich alles. Im Anfang ist das immer so. Man gewöhnt sich daran ...« Und Wim sah ihn beinahe leibhaftig vor sich stehen, mit einem verstehenden, ein wenig spöttischen Lächeln um seinen straffen Mund, einen Kranz von unzähligen Fältchen um die Augenwinkel. Aber seine Augen blickten traurig. Meinetwegen? Doch als er sah, daß in Wims Gesicht kein Verweis, keine Spur von Anklage oder Reue lag, sondern nur die geduldige Bereitschaft eines, der zu Ende trägt, was er einmal begonnen hat, entspannten sich auch seine Züge. Ruhig sahen sie einander in die Augen.

Und Marie zupfte abwesend an ihrem Taschentuch.

Da klopfte es, und sie beide sprangen auf. Das ältliche Fräulein erschien, in Hut und Mantel, mit dem vier Uhr Tee. Marie nahm ihr das Tablett ab.

»Aga hat angerufen«, sagte die Pensionshalterin und lächelte freundlich.

»Aga«, fragte Marie, »wer ist denn das?«

»Nun Sie wissen doch – Coba nennt sich Aga am Telefon.«

»Natürlich«, bekräftigte Wim, »sehr verständig ... und?« Er brannte vor Neugier.

»Sie kann heute nicht kommen, ließ sie sagen.«

»Wieder nichts«, sagte Marie und drehte sich bestürzt zu Wim. »Siehst du.«

»Hat sie denn schon Fühlung mit – ich weiß nicht, mit wem, aber...«

»Es läuft noch über eine Zwischenperson«, erklärte der liebe, alte Mensch und sah besonders lieb darein. Es klang besänftigend.

»Dann werden wir noch Geduld üben müssen«, sagte Wim und legte seine Hand sacht auf Maries Schulter. Schweigend setzte sie das Tablett auf den Tisch.

»Wegen Ihrer Lebensmittelkarten machen Sie sich keine Sorgen«, erklärte das Fräulein, »die kriegen Sie auf jeden Fall – wenn es nötig ist«, fügte sie schnell hinzu: »Ich muß schnell auf den Zug. Heute abend bin ich wieder zurück. Es ist alles gerichtet.«

Und aufrecht verließ sie das Zimmer.

»Ich glaube es nicht mehr«, sagte Marie und fiel auf einen Stuhl nieder. Völlig hilfos sah sie auf Wim.

Er zuckte die Achseln. Abwarten!

Aber im selben Augenblick, als das Fräulein die Tür hinter sich geschlossen hatte, hatte er das Empfinden, als wenn sich irgendwo, unsichtbar im Zimmer, eine andere Tür öffnete, die ihm die Aussicht auf eine Ferne gab, die er nicht kannte. Während er noch stand und schaute, zog ein milchweißer Dunst herauf und überschwemmte die noch festen Konturen der Kammer. Er hatte das Gefühl, daß alles um ihn herum, auch der Boden, auf dem er stand, vage und wie von ungefähr wurde. Er strich mit seiner Hand nachdenklich über sein Haar, als müßte er es gegen einen plötzlich aufsteigenden Wind, der es durcheinander wirbelte, beschützen. Er fühlte den Schlag seines Herzens. Es hatte seinen inneren Rhythmus verändert, es klopfte stärker, mutiger. Dann sah er Marie sitzen. Auch sie war weit von ihm in eine Ferne gerückt, fast unerreichbar. So wie sie jetzt dasaß, die Arme fest an den Körper gedrückt und die Hände auf dem Schoß gefaltet, allein und voller Trauer, war sie nicht mehr seine Frau. Es liefen keine Verbindungen zwischen ihnen. Er sah sie wie zum ersten Male. In diesem Augenblick wurde ihr Bild in seiner Fremdheit, in seinem Anderssein fest in ihn eingegraben. Er sah, daß sie weinte.

»Aber Marie, du weinst ja«, sagte er und nahm ihre Hände. Die Tränen liefen ihr über die Wangen.

Er fuhr fort, während er zart ihre Hände streichelte: »Was hast du?... Hast du Angst?«

»Ich weiß nicht«, flüsterte sie fast unhörbar zurück.

Schweigen.

Danach tranken sie den Tee.

Der Kontakt lief gleichfalls über die Notadresse. Aber das hatte Coba ihnen nicht erzählt. Warum auch? Das ältere Fräulein hatte eine noch ältere Schwester in derselben Stadt, in der Marie und Wim wohnten. Diese hatte seit einiger Zeit, nachdem man die Männer weggeholt hatte, eine Hilfsanstellung bei der Gemeinde, und zwar bei der Ausgabe der Lebensmittelkarten erhalten. Ihr fiel die Aufgabe zu, mit dem betreffenden Polizeibeamten, der den nächtlichen Fund im Park bearbeitete, in Verbindung zu treten und das Nötige zu erforschen; ob man in der Tat die Spur, die durch die Wäschenummer der Polizei so leicht in die Hände gespielt war, verfolgte.

Nachdem sie den Namen des Polizisten herausgefunden und zugleich erfahren hatte, daß er noch, was man nennt »ein guter Patriot« war, pirschte sie sich an ihn heran.

Darüber vergingen einige Tage, zu lange für die beiden in der Kammer im dritten Stock.

Langsam verging Wim die Lust am Lesen. Zusammen gingen sie hinunter und liefen durch die Stadt, voller Spannung, ob sie einen Bekannten aus ihrem Städtchen träfen, der den Grund ihres Hierseins kannte. Aber alles verlief ohne Zwischenfälle. Niemand forschte nach ihnen. Das Wetter war noch kalt und stürmisch. Der Aufenthalt in einem geheizten Zimmer in der Nähe des Ofens bot noch immer die größte Annehmlichkeit. Langsam wurde auch Wim ungeduldig.

»Was meinst du, Marie«, fragte er sie eines Tages, »ob ich mir Arbeit vom Büro kommen lasse?«

Marie erschrak. »Aber – dann glaubst du selbst also nicht mehr, daß wir bald...«

»Aber nicht doch«, unterbrach sie Wim. »Das hat doch damit nichts zu tun. Ich meinte nur, wir haben genug Arbeit in der Fabrik, und ich habe doch genügend Zeit.«

Aber Marie nahm es als Zeichen, daß auch er alle Hoffnung verloren hatte.

Da stand zwei Tage später zu einer Stunde, da sie sie nicht erwartet hatten, Coba in ihrem Zimmer. Sie lachte zufrieden.

»Coba!« rief Marie und eilte auf sie zu. Das Lachen irritierte sie. Sollte es bedeuten, daß sie wirklich nun... Nun, da es so plötzlich kam, war es beinahe nicht glaubhaft.

»Was ist?« sagte Wim tonlos.

»In Ordnung«, antwortete Coba und trat näher.

Wim preßte das Buch so fest unter die Achsel, daß er seinen Finger, der zwischen den Seiten stak, einklemmte: Er wartete noch immer.

»Ihr könnt wieder zurück.«

Marie fiel ihr um den Hals. Ein leises Schluchzen.

»Ich weiß«, sagte Coba und klopfte ihr ermunternd auf den Rücken. »Es hat so lange gedauert. Und die Ungewißheit.«

»Das hast du gut gemacht«, sagte Wim und ergriff ihre Hand. Mehr brachte er nicht hervor. Ein warmes Gefühl stieg in ihm auf, er wollte sich freuen, er wollte auch zeigen, wie er sich freute. Aber es klang gedämpft, fast traurig.

»Ich nicht«, erwiderte Coba freudig erregt. »Der Polizist! Ihr habt Glück gehabt.«

Wir werden also nach Hause zurückkehren, dachte Wim bei sich. Wir haben Glück gehabt. Bedeutete dieses warme Gefühl, das sich mit einer leichten Trauer mischte, das Glück? Sie hatten eine Erfahrung gewonnen – vielleicht ist dies das Glück?

»Ich habe mir solche Vorwürfe gemacht«, sagte Marie noch schluchzend und löste sich von Cobas Hals.

»Aber Marie, wir beide«, entfuhr es Wim.

Doch sie schüttelte langsam und ein wenig feierlich den Kopf, indem sie sich zugleich die Tränen abwischte. Nein, sie allein! Wie auch sie allein nur das Geheimnis wußte. Denn irgendwie lag eine geheime Verbindung zwischen diesen beiden Geschehen, sie wußte noch nicht, welche.

Coba fuhr fort: »... er selbst hat Wäschenummer und Monogramm herausgeschnitten und vernichtet, als er es bemerkte. Ja, unsere Polizei...! Er begriff es sofort. Später, als sein Chef dazu kam und der Arzt, der die Obduktion durchführte, fanden sie keine Spur mehr.«

Wim schwieg und biß sich auf die Unterlippe.

Jedoch Marie sagte, nach einer kleinen Pause: »Müssen wir uns nicht bei ihm ...«

»Bedanken!!« rief Coba – »Marie! Du bist wohl ...! Wenn du willst, kannst du ihm nach dem Krieg Blumen schicken!«

Nach dem Krieg! »Ich fürchte, das hat noch ein wenig Zeit«, sagte Wim bitter. Bei den vielen Aufregungen, Sorgen und dem täglichen Kleinkram konnte man beinahe vergessen, daß immer noch Krieg war.

»Jetzt kommt ihr zu mir«, sagte Coba entschlossen. Und dann packten sie ihren kleinen Koffer.

XII

Als sie spät am Abend, kurz vor elf, mit dem letzten Zug nach Hause kamen, stand die Mondsichel am Himmel und warf ein mattes Licht. Es war so hell, daß man erkennen konnte, daß hier zwei Menschen, ein Mann und eine Frau gingen. Jedoch ihre Gesichter blieben unkenntlich.

Marie und Wim fanden das Halbdunkel angenehm. Denn sie hatten das Gefühl, daß es immer noch etwas zu verbergen gab.

Große, dunkle Wolken segelten über den Himmel und verfinsterten für einen Augenblick jede Aussicht. Ein Wind wehte vom Meer. In der Nacht würde er Regen bringen. Der Regen in dieser Nacht würde nicht in ihren Schlaf fallen.

Als sie um die Ecke bogen, schlug die ganze Gewalt des Windes von den Weidelanden und über den Park her um sie. Scheinwerfer in der Ferne. Wenn der Wind nachließ, vernahmen sie von weit her schwache Schläge ... Diese Nacht hatten die Flugzeuge einen anderen Weg gewählt.

Der Park lag einsam. Am Fußweg entlang ein Drahtzaun, nur an einer Stelle unterbrochen. Dort lief der Pfad leicht abwärts. Das letzte Mal war ihn Wim gelaufen ... Dahinter, mannshoch und tieferen Schatten gebend, stand Gesträuch wie die Dunkelheit selbst, mehr im Hintergrund, gleich ausgelöschten Kerzen, Bäume und Telefonstangen. Es war wie der Blick auf einen Friedhof.

Sie fanden die Wohnung vor, wie sie sie verlassen hatten. Aber doch traten sie ein wie in etwas, das ihnen, einst vertraut, plötzlich fremder geworden war. Auch ihre Freude war gedämpft.

Da sie vorerst noch kein Licht anzünden konnten, tasteten sie sich durch die dunklen Räume und Gänge, um die Fenster zu verhängen. Einmal stießen sie im Dunklen gegeneinander. Einen Augenblick standen sie, zwei warme Inseln in dem kalten Meer der Finsternis, einander gegenüber und warteten und ruhten aus. Es war Abenteuer genug. Und als sie sich dann vorsichtig mit leicht erhobenen Armen durch das Haus bewegten, nahmen sie auf eine andere Weise von ihren Dingen wieder Besitz, als man es tut, wenn man sofort nach dem Eintritt in ein Haus, noch bevor man durch ein Zimmer gegangen ist und hier ein Kissen zurechtgerückt und dort an einer Decke gezupft hat, helles Licht einschaltet.

Danach stieg Wim in den Keller, um Holz für den folgenden Tag zu richten. Marie brühte Kaffee auf. Alles begann wieder, so wie man es gewohnt war. Sie fühlten sich ein wenig beschämt und einsam; obwohl sie nicht darüber sprachen, merkte jeder es dem anderen an.

Dann zog Wim die Uhr auf. Und mit jeder halben und vollen Stunde, die sie anschlug, da Wim die Zeiger mit seinem Finger leicht vorausschob, kehrten auch sie wie zu einem neuen Tag zurück.

Es ging auf Mitternacht.

»Morgen früh wie gewöhnlich?« fragte Marie.

»Um halb acht – komm!«

Als sie die Treppe hinauf in ihr Schlafzimmer stiegen und an »seiner« Tür vorbeikamen, blickten sie scheu und schweigend auf das hell gestrichene Holz. Die schwarze Klinke stand fest und horizontal eingelassen, wie immer.

Aber ihnen beiden schien es, als wenn die Tür anders geschlossen war als je zuvor.

Hans Keilson

Der Tod des Widersachers

Roman

Band 5298

Die Parabel ist so gewagt, daß sie wohl nur von einem von den Nazis ins Exil gejagten Juden stammen kann: Wilhelm II. bekam vom russischen Zaren ein Rudel Elche zum Geschenk, die der deutsche Kaiser zu einer Musterherde heranzüchten lassen wollte. Doch trotz blendender Bedingungen, trotz bestens vorbereiteten Hegepersonals – die Elche wollten nicht gedeihen, sie gingen ein. Es fehlten ihnen, so stellte sich heraus, die Wölfe. Zum besseren Gedeihen wäre der Streß durch Bedrohung und Gefahr nötig gewesen. Das Gute nur in der Symbiose mit dem Bösen also? Ist das der Sinn des Bösen? Hauptfigur in diesem Roman ist ein junger Jude, der die Widersprüche und Gegensätze seiner Umwelt durch unbedingtes Streben nach Wahrheit zu überwinden hofft. Er versucht, sich in die Rolle seines Widersachers hineinzuversetzen, des Diktators als der Verkörperung des Bösen, mit dem ihn eine Art Haßliebe verbindet. Die Anfänge dieses Romans reichen in das Jahr 1942 zurück – die ersten vierzig Seiten des Manuskripts vergrub Keilson in einem Garten, um die Arbeit daran nach dem Krieg wiederaufzunehmen. Beinahe unbemerkt von der Öffentlichkeit erschien ›Der Tod des Widersachers‹ in der Bundesrepublik in den fünfziger Jahren.

Fischer Taschenbuch Verlag

fi 525 / 5

Hans Keilson

Das Leben geht weiter

Eine Jugend in der Zwischenkriegszeit

Roman

Band 5950

Seinerzeit von Oskar Loerke empfohlen, fand sich Hans Keilsons Roman *Das Leben geht weiter* schon einmal im Programm des S. Fischer Verlags. Das war im Frühjahr 1933. Kaum ausgeliefert, brannte der Reichstag, einige Monate später war das Buch des jüdischen Autors Keilson auf der Verbotsliste. Reichlich fünfzig Jahre später wird der Roman erstmals wieder vorgelegt. Er handelt vom wirtschaftlichen Niedergang eines kleinen Selbständigen in einer kleinen Kreisstadt in der Mark Brandenburg, eingelassen in die politischen, sozialen und ökonomischen Wirren der Jahre nach dem Ersten Weltkrieg, der Weimarer Republik, der Inflationszeit und des aufkommenden Nationalsozialismus. (Die Fortsetzung des Romans, die das Leben eines jungen Juden im damaligen Deutschland beschreibt, verfaßte Keilson im Exil. Sie erschien 1959 unter dem Titel *Der Tod des Widersachers*; die amerikanische Übersetzung stand 1962 mehrere Wochen lang auf den Bestsellerlisten.) Für diese Ausgabe hat Hans Keilson ein Nachwort geschrieben, worin er über Entstehung und Schicksal des Buches und seines Autors Auskunft gibt.

Fischer Taschenbuch Verlag

fi 627 / 5